藍小說942

萊辛頓的幽靈

村上春樹＝著
賴明珠＝譯

目錄

萊辛頓的幽靈

這是幾年前實際發生的事。因為某種原因，雖然在這裡我把人物的名字改變，但其他都是事實。

我在麻州劍橋這地方，曾經住過兩年，那時候我認識了一位建築師。年紀剛過五十的英俊男士，頭髮已經有一半左右變白了。個子不是很高。他喜歡游泳，每天到游泳池去，身體鍛鍊得很結實。有時也打打網球。名字假定就叫做凱西。他單身，話非常少，在波士頓郊外萊辛頓的古老宅第和一位臉色不太好的鋼琴調音師一起住。調音師的名字叫傑瑞米——大約三十五歲左右，個子高高，像柳樹一般修長，頭髮正逐漸變稀少。他不僅調音，也能彈一手相當高明的鋼琴。

我的短篇小說有幾篇被譯成英文，刊登在美國的雜誌上。凱西讀了之後，透過編輯部寫信給我。說是：「對你的作品，和你本人非常感興趣，如果方便的話希望能見面談談。」我通常不會這樣就和人見面的（以經驗來說不會太愉快），不過對於這位凱西我想見一見也不妨。一來因為他的信非常知性，而且充滿了幽默感。再則因為身在國外，我的心情比較輕鬆，碰巧住的地方也近。不過這些理由，畢竟只是周邊的原因而已。我關心凱西這個人的最大原因，還是在於他收藏有非常可觀的老爵士樂唱片。

「以私人收藏來說，或許找遍全美國，都很少有我這麼充實的吧。因為據說你是爵士樂迷，或許會有興趣。」他寫道。沒錯。我確實有興趣，自從讀過那封信之後，我就忍不住非常想看他的收藏。一和老爵士樂唱片收藏扯上關係時，就像馬被特別的樹的氣味所吸引一般，我已經喪失了精神上的抵抗力。

凱西的家在萊辛頓。從劍橋我所住的地方開車大約需要三十分鐘左右。我打電話過去，他便為我傳真一張很詳細的道路地圖來。在四月的下午我開著綠色的Volkswagen獨自去到那個房子。房子立刻就找到了。是一棟三層樓的老舊大宅。建好到現在至少已經有百年以上了吧。那棟房子矗立在波士頓郊外高級住宅區一排排風格獨具的建築物中，即使同樣具有傳統歷史，依然豪華得格外引人注目，甚至可以印成風景明信片。

庭園簡直像廣大的樹林一樣，可以看見四隻藍色的樫鳥發出尖銳的鳴叫聲從樹枝跳到樹枝順序地飛移著。車道上停放著新的BMW休旅車。當我把車子停在BMW後面時，躺在大門外鞋墊上的大型Mastiff犬便慢慢站起來，半義務性地吠了兩三次。好像說「雖然並不怎麼想吠，但照規矩是要這樣」的樣子。

凱西走了出來，跟我握手。像要確認什麼似的堅定握法。一面握手，並用另一隻手輕輕拍拍我的肩。這是凱西慣常的習慣。他說：「嗨！難得你能來。非常高興見到你。」凱西穿著義大利風的時髦白襯衫，釦子扣到最上面一顆，罩一件淺茶色喀什米爾毛衣，穿著質地柔軟的棉長褲。戴著GIORGIO ARMANI式的小眼鏡。非常時髦。

凱西引我進入屋裡，讓我坐在客廳的沙發上，為我送來剛泡好的美味咖啡。

凱西是個不勉強別人的人，出身好，又有教養。據說年輕時候曾經到世界各地去旅行過，因此也相當健談。跟他熟了之後，我一個月會去他家玩一次。並且也有福享受到他那收藏豐富的唱片。只要到那裡去，我就可以盡情痛快地聽我所喜歡而其他地方絕對無法聽到的珍貴音樂。雖然音響設備和那些唱片比起來，並沒有那麼了不起，不過老式大型真空管增幅器發出的聲音倒是溫和懷舊。

凱西以自家書房當做工作室，在那裡用大型電腦做建築設計的工作。不過他幾乎不跟我提他自己工作的事。他一面笑著，一面像在辯解似地說：「我沒做什麼不得了的事。」我不知道他在做什麼樣的建築設計。而且也沒看過他好像很忙的樣子。我所知道的凱西，總是坐在客廳的沙發上，優雅地拿起葡萄酒杯來喝喝酒，看看書，傾聽著傑瑞米彈的鋼琴，或坐在庭園椅上和狗玩耍。我想他好像並不怎麼熱心工作，雖然這只不過是我的感覺而已。

他去世的父親是聞名全國的精神科醫師，寫過五、六本書，至今都已經變成半經典了。同時他也是狂熱的爵士迷，私下和Prestige唱片公司的創始者兼製作人鮑伯·韋恩史托克很熟，因此從一九四〇年代到六〇年代爵士唱片的收集，正如凱西信中所寫的那樣，完整到令人咋舌的程度。量固然可觀，而質也好得沒得挑剔。幾乎所有的唱片都是初版的原版，狀況也佳。唱盤毫無瑕疵，唱片套也完好無傷。幾乎接近奇蹟。簡直就像為嬰兒洗澡一般，可想而知是十分珍惜地保管，一張一張寶貝地處理的。

凱西沒有兄弟，童年時母親就去世了。父親從此沒有再婚。因此十五年前父親因胰臟癌死去時，房子和各種財產便和那唱片收藏全部一起由他一個人繼承了。凱西對他父親比對誰都來得尊敬、深愛，因此收藏的唱片他一張也沒有處分掉，完整地慎重保存下來。凱西雖然也喜歡聽爵士，但並不像他父親那麼狂熱。說起來他比較喜歡古典音樂，一有小澤指揮的波士頓樂團的演奏會，他就一定會毫不遺漏地和傑瑞米兩個人一起去聽。

在認識他大約半年之後，他託我幫他看家。凱西很稀奇地由於工作上的關係必須去倫敦一星期左右。凱西每次出門旅行時，總是由傑瑞米看家，但這次卻不行。因為傑瑞米住在西維吉尼亞的母親身體不舒服，他在稍早以前已經回那邊去了。因此凱西打電話來我這裡。

「很抱歉，我只能想到你。」凱西說。「雖然說是看家，但只要一天餵兩次麥爾斯（狗的名字），其他就沒事做了。你也可以盡興地聽你喜歡的唱片哪。我已經幫你準備好足夠的酒和食物，所以你不用客氣。」

那是個不錯的建議，我那時候因為某種原因暫時一個人住，在劍橋租的公寓隔壁正好在改建施工，每天吵得不得了。我帶了換洗衣物和麥金塔電腦Powerbook和幾本書，星期五中午過後便到凱西家去。凱西已經整理好行李，正要叫計程車。

祝你到倫敦順利愉快，我說。

「噢，那當然。」凱西滿臉微笑地說。「希望你也愉快地享受我的家和唱片。不錯的房子噢。」

凱西走了以後，我到廚房去泡咖啡喝。然後在鄰接客廳的音樂室桌上把電腦設定好，在那裡一面聽了幾張凱西的父親留下來的唱片，一面工作了一小時多。試試看從此以後的一星期是否能夠順利工作。

書桌是兩側有抽屜的，老式堅固桃花心木製的。年代相當古老。說起來放在那個房間裡的東西之中，唯一不古老的，只有我帶進去的麥金塔電腦而已了。目光所及的物品幾乎打從遙遠得記不起有多久的年代起，就一直佔據了和現在完全相同的地方相同的位置似的。凱西似乎在父親死了以後，完全沒有動過這音樂室——簡直像對待神殿或神聖遺物安置所一般。這棟房子本來就顯得像是時間之流的沉澱，尤其這音樂室裡，更像是時間在許久之前忽然停擺了似的。卻整理保持得很好。櫥櫃上一塵不染，書桌擦得乾乾淨淨。

麥爾斯走過來，在我腳下橫躺下來。我摸了摸牠的頭。非常不甘寂寞的狗。牠無法長時間自個兒獨處，除了在睡覺的時候，被訓練成睡在廚房旁牠自己用的毛毯上，否則牠一定要到誰的旁邊，把身體的一部分，不惹人注意地悄悄靠上對方。

客廳和音樂室之間，以沒有門的高大門框區隔。客廳裡有用磚砌成的大壁爐，有坐起來非常舒服的三人皮沙發。有四張形狀各異的扶手椅，三張也是不同設計的咖啡桌。鋪著褪色而高尚的波斯地毯，從高高的天花板垂懸著所謂頗有某種來歷似的古老水晶燈。我走到那裡去在沙發上坐了下來，試著環視周圍一圈。放在壁爐台上的時鐘，正滴答滴答地發出像用指甲尖敲窗子似的聲音刻著時間。

壁上的高書架上排列著美術書和各類專門書。三面牆上掛著幾幅大大小小的油畫，畫著某個地方的海岸。每幅風景的印象都很類似。每幅畫裡都完全看不見人影，只有寂寥的海邊風景而已。好像耳朵湊近去聽時，就會從那裡傳來冷冷的風聲，並聽得見洶湧的浪濤聲似的。沒有一件華麗的東西、醒目的東西，放在那裡的所有一切，似乎都散發著一股新英格蘭風有節度，卻又略微冷淡的傳統望族氣味。

音樂室的寬闊牆壁有一整面做成唱片櫃，依照演奏家的姓名字母順序一行行地排著老LP唱片。正確張數連凱西都不清楚。大概有六千或七千張吧。他說。但還有和這裡差不多張數的唱片則裝進紙箱，放在閣樓裡。「或許不久以後這棟房子也會因為老唱片的重量，而像*The Fall of the House of Usher*小說裡的房子一樣，變成粉碎並沉到地裡去也說不定噢。」

我把Lee Konitz的古老十吋唱片放在轉盤上，面向書桌寫著文章，時間便從我周圍舒服而安穩地過去。心情簡直就像把自己埋進尺寸完全吻合的人形模子裡去了似的。在那裡可以感覺到一種像花很長時間細心培養出來的特別親密似的東西。音樂的聲響滲入屋子的每個小角落，連牆壁的小凹痕，或窗簾的縐褶中，都舒服地滲透進去了。

那個夜晚，我打開凱西為我準備好的蒙特普其安諾紅葡萄酒，注入水晶玻璃杯中，喝了幾杯，坐在客廳的沙發看著剛買來新出版的小說。不愧是凱西推薦的葡萄酒，果然相當美味。我從冰箱拿出布里耶乳酪，配餅乾吃了四分之一左右。這期間，周圍一片寂靜。除了剛才說過的滴滴答答的時鐘聲音之外，只偶爾聽見由房子前面通過的汽車聲音。屋前的道路原本是不通往任何地方的所謂「死胡同」，因此往來的只限於附近住戶的車，夜深之後，就變得完全沒有任何聲音了。我從附近學生很多相當熱鬧的劍橋公寓來到這裡，感覺彷彿置身海底一般。

時針繞過十一點之後，我就像平常那樣逐漸睏起來，於是放下書本，到廚房把玻璃杯放進流理台，向麥爾斯道過晚安。狗一副無可奈何的樣子蹺縮在老舊的毛毯上，發出微小的叫聲，眨了眨眼睛。我關掉燈，走進二樓的客用寢室。然後換上睡衣上了床，幾乎立刻就睡著了。

醒過來時，在一片空白之中。不知道自己身在何處。我有一會兒像乾癟的青菜般毫無感覺。像被擺進黑暗的架子深處長久被遺忘的青菜一樣。然後好不容易才想起來，自己是在凱西家裡看家的。對了，我在萊辛頓啊。我伸手摸索放在枕邊的手錶，按下按鈕，打開藍色的白熱光來看時間。是一點十五分。

我安靜地在床上坐起身，打開讀書用的小燈。花了一些時間才想起開關的用法。像百合花形研磨玻璃的黃色光線亮起來。我用雙手用力摩擦著臉頰，深深吸進一口氣，環視一圈變亮的房間。檢視著牆壁、望一望地毯、仰望高高的天花板。然後像在收集撒落在床上的豆子般，一一撿起散失的意識，讓自己的身體適應了現實。隨後漸漸留意到那個。是聲音。像海邊的浪聲般騷動嘈雜——是那聲音，把我從深沉的睡眠中拉起來的。

有人在樓下。

我躡著腳步走到門邊，屏住氣息。耳邊聽得見自己心臟發出乾乾的聲音。沒錯，這屋子裡除了我之外還有別人在。而且人數不只一個或兩個。還隱約可以聽見像音樂的聲音。不知道是怎麼回事。我脅下流出幾道冷汗。在我睡著的時候，這房子裡到底發生了什麼事呢？

我腦子裡首先浮現的是，這難道是齣設計周密的玩笑鬧劇嗎？凱西假裝去倫敦，其實還留在附近，為了嚇我半夜悄悄地開起宴會嗎？但怎麼想，凱西都不會是開這種無聊玩笑的人。他的幽默感是更纖細、更安穩的。

或者——我依然倚靠在門上思考——在那裡的說不定是些我所不認識的凱西

的朋友。他們知道凱西去旅行了（卻不知道我在看家），於是乘機擅自進到屋裡來。不管怎麼樣，至少不是小偷。小偷會悄悄進入人家屋裡，但不會還放那麼大的聲音來聽音樂。

總之我脫下睡衣，拾起長褲。穿上運動鞋，在T恤上套一件毛衣。但事情總也有個萬一。手上還是拿個什麼東西比較好。我環視房間裡，但沒看見任何適當的東西。既沒有棒球棒，也沒有火鉗。房間裡只有櫥子、床、小書櫃和裱框的風景畫。

我走出走廊時，聲音聽得更清楚。下了樓梯後，古老而愉快的音樂，便像水蒸氣般飄浮到走廊來。聽起來很耳熟的名曲，但我想不起曲名。

也聽得見談話聲。因為是許多人的聲音交雜在一起，所以聽不出談話內容。偶爾一陣笑聲傳到耳裡。是品味良好而輕盈的笑聲。樓下宴會似乎正進行中，而且似乎正漸入佳境。就像在增添色彩一般，香檳酒杯響著叮叮互碰的輕鬆聲音。可能也有人在跳舞吧，可以聽見皮鞋在地上移動的有節奏的摩擦聲。

我小心避免發出腳步聲地走在黑暗的走廊，來到樓梯口的迴旋處。並把身子探出扶手，俯視樓下。從大門的落地玻璃透進的光線，淡淡冷冷地照出莊嚴的寬敞門廳。沒有人影。由門廳通往客廳的雙扇門扉緊緊關閉著。我睡覺前那門扉還是好好開著的。不會錯。也就是在我上二樓睡著之後，有人把它關閉起來了。

到底是怎麼回事，我有些迷惑。我可以什麼都不做，就這樣一直安靜地躲在二樓的房間裡。從裡面把門鎖起，鑽進床上……。冷靜地想想，這是最正常的做法。但站在樓梯上，聽著樓下門扉那頭傳來的愉快音樂和笑聲之間，我最初所感到的震驚已經像池中的漣漪般逐漸收斂，慢慢回復平靜。從那氛圍來推測，他們應該不會是那種奇怪變態的人。

我深深吸了一口氣之後由樓梯走下一樓的門廳。運動鞋的塑膠底安靜地一階一階踩在老舊的木板上。到達門廳後我繼續往左轉進廚房。打開燈，拉開抽屜，拿起有些重量的切肉用菜刀。凱西對做菜很有興趣，擁有整套德國製昂貴的菜刀。也保養得很細心。磨得極漂亮的不鏽鋼刀刃，握在手中活生生的閃著光亮。但我一想像自己手中緊緊握著那一把切肉用的大菜刀，步入熱鬧宴會場去的樣子，忽然覺得滿愚蠢的。我喝了一杯水龍頭的水之後，把菜刀放回抽屜。

狗怎麼了呢？

我這下才發現沒看見麥爾斯的影子。狗不在平常睡的毛毯上。這傢伙到底跑到哪裡去了？如果有人半夜進入屋裡來，至少狗也應該叫才是啊。我彎下身，用手摸摸都是毛的毛毯凹處看看。並沒有留下體溫。狗似乎很早以前就離開這睡床，不知道跑去哪裡了。

我走出廚房來到玄關門廳，在那裡的小長椅上坐下來。音樂還不停地繼續著。人們的談話也繼續著。那像波浪一般忽而盛大高漲，忽而稍微安靜。但始終沒有中斷過。到底有多少人在那裡面呢？大概至少有十五個人吧。或許有二十個人以上也不一定。那麼，即使這是一間寬敞的客廳想必也相當擁擠了。

我是否應該打開門走進裡面去呢？我想了一下。那是個既困難，又奇怪的選擇。我是來看家的，自然有管理的責任。但我卻沒有被邀請出席這宴會。

我尖著耳朵想要聽取從門縫間溢出來的對話片斷。但卻不行。對話渾然化為一體，無法識別任何一句單語。雖然知道那是語言，是對話，但那卻像一堵塗得厚厚的牆壁擋在我眼前一樣，沒有任何我能進去的空隙。

我把手伸進長褲口袋，拿出放在裡面的一枚二角五分的硬幣，沒什麼特別意義地在手中團團轉著把玩。那銀色的硬幣，讓我記起了確實的現實感覺。

某種什麼，簡直像柔軟的木槌般敲了我的頭。

——那是幽靈啊。

聚在客廳聽著音樂，談笑著的並不是一些現實中的人。

我兩臂的皮膚忽然一陣冷。頭腦裡有著某種什麼大大搖晃的感觸。簡直像周圍的位置錯亂了似的，氣壓改變了，嗡嗡嗡地響起一陣輕微耳鳴。我想吞口水，但喉嚨好乾渴，無法順利吞嚥。我把硬幣放回口袋，環視周圍。心臟又開始發出巨大而堅硬的聲音。

到現在都沒有留意到，反而奇怪。試想一想，像這樣不可能的時刻，到底有誰會開宴會呢？而且如果有這麼多人把車子停在房子附近，再踢踢踏踏地從大門進到屋裡來，不管怎麼樣，那時候我就應該會醒過來了。狗也應該會叫的。也就是說，他們不是從任何外地進來的。

真希望麥爾斯能在我身旁。我可以伸手摸牠大大的頭，聞牠的氣味，以皮膚感覺牠的溫暖。但卻到處都看不見狗。我坐在門廳長椅上，簡直像著了魔般地一個人坐著一動不動。當然害怕。但我感覺那時候好像有某種超越恐怖的什麼似的。那是一種奇妙又深沉而茫漠的東西。

我深深地吸氣、吐氣，將肺裡的空氣安靜地替換好幾次。身體逐漸恢復正常的感覺。好像在意識的極深處，有幾張卡片靜靜地翻面似的，有那種感覺。

然後我站起來，就像下樓來時一樣忍著腳步聲上樓梯，回到房間就那樣上床。音樂和對話在那之後還一直繼續著。因為無法順利睡著，只好直到將近黎明都還在聽。我讓電燈亮著，倚靠在床頭板上望著天花板，側耳傾聽著不知何時才會結束的宴會聲響。但終於還是睡著了。

醒來時，外面正下著雨。安靜而綿細的雨。以濡濕地面為唯一目的而下的，春天的雨，屋簷下藍色的樫鳥啼叫著。時鐘的針指著九點前。我穿著睡衣就那樣走下樓梯。由門廳通往客廳的門扉，依然和昨天夜裡我睡覺前走出那裡時一樣敞開著。客廳並不凌亂。我讀著的書，依然放在沙發上，細細的餅乾屑還散落在咖啡桌上。正如預料中的，絲毫沒有留下開過宴會的形跡。

廚房的地上，麥爾斯正縮成一團地熟睡著。我把狗叫醒，餵牠吃狗食。簡直就像沒發生任何事一樣，狗一面搖著耳朵一面咯咯地大口吃著。

那不可思議的夜半宴會，只有第一天的夜裡在凱西家的客廳舉行。後來就沒有發生任何奇怪的事了。只有安靜而隱密的萊辛頓之夜，沒有明顯特徵地反覆重複著。但不知道為什麼，從此我幾乎每天一到半夜就會醒來。時刻每次都在一點到兩點之間。也許是一個人獨自在別人家睡覺，情緒亢奮的關係吧。或者我心中在暗自期待再一次遇見那奇妙的宴會也不一定。

半夜醒來時，我在黑暗中試著屏息傾聽，卻聽不見任何聲響。只有偶爾吹過的風引起庭園樹木的葉子沙沙作響而已。那時候我會走下樓去，到廚房喝水。麥爾斯每次都縮著身子睡在地上，一看見我出現就很高興地站起來，搖搖尾巴，用頭摩擦我的腳。

我帶著狗走進客廳，打開電燈，小心翼翼地環視屋子裡一圈。但感覺不到任何動靜。沙發和咖啡桌還在和平常一樣的位置，安靜地排列著。牆上同樣是畫著新英格蘭海岸風景沒什麼熱情的油畫。我在沙發上坐下，無所事事地在那裡消磨十或十五分鐘時間。並且閉上眼睛，集中精神，試著想想這屋子裡是不是能夠發現什麼頭緒之類的。但感覺不到任何東西。在我身邊，只有郊外隱密而深沉的黑夜而已。打開面臨花壇的窗戶時，有一股春花萌芽的香氣。窗簾被夜風微微掀動，樹林深處貓頭鷹在叫著。

凱西一星期後從倫敦回來時，我決心暫且不提那一夜發生的事。我無法說明為什麼。但我總覺得這件事還是不要對凱西說比較好。

「怎麼樣?你看家的時候有什麼不尋常的事嗎?」凱西在大門前開口就這樣問我。

「沒什麼啊。非常安靜，工作進展很順利。」這倒完全是實話。

「那真好。再好不過了。」凱西一臉高興地說。並從皮包裡拿出昂貴的麥芽威士忌來，送給我。我們就那樣握手道別，我開著Volkswagen回到劍橋的公寓。

然後將近半年我一次也沒見過凱西。但電話他倒是打過幾次來。傑瑞米的母親去世了，那位不說話的鋼琴調音師回到西維吉尼亞就一去不回了。而我因為正在趕著長篇小說的最後階段，因此除非必要，已經沒有空閒時間去看誰或出門旅行了。我那陣子一天伏案工作達十二小時以上，幾乎沒離開過家裡方圓一公里以外的範圍。

最後一次見到凱西，是在查爾斯河船屋附近的一家咖啡廳裡。我在散步時正好在那裡遇見他，便一起喝咖啡。不知道為什麼，凱西比上次見面時老得令人吃驚。都快認不出來了。看起來老了十歲。激增的白髮伸長到耳朵上，眼睛下面形成眼袋似的鬆垮發黑。手背上的皺紋看來也多了許多。這對於向來對外表很細心、重視時髦的凱西而言，是不太能想像的。也許有什麼病吧。但因為凱西什麼也沒提，因此我也什麼都沒問。

傑瑞米也許不再回萊辛頓了，凱西一面輕輕地左右搖頭一面以低沉的聲音對我說。有時候會打電話到西維吉尼亞跟他聊聊，但就算談，也因為受到母親死去的打擊，而像變了一個人似的，他說。和以前的傑瑞米不一樣了。幾乎只談星座。從頭到尾光談些無聊的星座的事。今天的星座位置怎麼樣，所以今天最好做什麼，不可以做什麼，之類的。在這裡的時候一次也沒談過星座的。「真遺憾。(I'm really sorry.)」我說。不過這是對誰說的，連我自己也不清楚。

「我母親死的時候，我才十歲。」凱西一面望著咖啡杯一面安靜地開始說起來。「我因為沒有兄弟姊妹，所以就只剩下父親和我兩個人。母親在某一年秋初，因為帆船出事而死。我們那時候，對於母親死去的事，完全沒有心理準備。她既年輕又活潑。她比父親小十歲以上。所以父親和我絲毫都沒有想過母親說不定哪天可能會死的事。但是有一天，她卻突然從這個世界上消失了。啪一下，就像一陣煙一樣地消失了。母親既聰明又美麗，誰都喜歡她。她喜歡散步，是個走起路來非常美麗的人，背伸得筆直，下顎稍微往前伸出，雙手背在後面握著，一副很快樂地走著。經常一面走一面唱歌。我很喜歡和母親兩個人一起走路。我經常都會想起，一面浴著夏天清晨鮮明的光線，一面走在新港海邊路上的母親的身影。風涼涼地搖擺著她長長的夏天洋裝的裙襬。碎花的棉洋裝。那光景簡直就像照片般烙印在我的腦子裡。

「父親很疼愛她，非常珍惜她。我想他對我這個兒子的愛，遠不及對我母親的深。父親就是這樣的人。他是個會愛惜憑著自己雙手所獲得的東西的人。而對他來說，我卻是自然的結果所得到的東西。他當然也愛我。因為我是獨生子啊。但不及他愛我母親的深。這一點我非常瞭解。父親已經不再像愛母親那樣愛任何人了。母親死了之後，他也沒有再婚。

「母親葬禮後的三星期之間，父親持續熟睡。這不是我誇張噢。名副其實地一直沉睡。偶爾像想起來似的從床上起來飄飄忽忽地走出來，一言不發地喝水，象徵性地吃一點什麼。就像夢遊者或幽靈一樣。但那也是極短的時間，然後又再蓋起被子睡覺。窗戶的栓子全部緊閉，在空氣沉澱的漆黑房間裡，簡直像中了咒語的白雪公主一樣，沉沉地昏睡。一動也不動。難得翻身，表情絲毫沒變。我很不安，一次又一次走到父親身旁去確認。會不會在沉睡中死去呢？我站在枕頭邊，緊盯著看父親的臉。

「但他沒有死。他只是像深埋在地裡的石頭一般深深地睡著而已。我想很可能連夢都沒做。在黑暗而安靜的房間裡，只能聽見規則的輕微鼻息。我從來沒看過那樣深、那樣長的睡眠。看來他簡直像是已經去到別的世界的人一樣。我覺得非常恐怖。我在那寬大的宅第裡，完全孤伶伶的，覺得好像被全世界遺棄了似的。

「十五年前我父親去世的時候，我當然很悲哀，但老實說我並不太驚訝。因為父親死去的容貌，和深深睡著時的父親看來一模一樣。我想簡直就和當時的樣子沒變嘛。那是既視感（déjà-vu）。好像身體的蕊都要分離錯開了似的強烈的既視感。相距了將近三十年的歲月，我重新觸摸到原樣未變的過去。只是這次聽不見鼻息了。

「我愛我父親。比愛世界上任何人都更深。我也尊敬他，而超越這些，在精神上和感情上更有一股強烈的聯繫。因此說起來很不可思議，父親死的時候，我也如同父親在母親死時一樣地，躺在床上一直持續昏沉地熟睡。簡直像是繼承一項特殊血統的儀式似的噢。

「我想總共大概沉睡了兩星期左右吧。我在那之間，一直睡、睡、睡……睡到時間腐朽溶化消失掉為止地睡。我可以無止境地睡。睡多少都睡不飽。那時候睡眠的世界對我來說才是真正的世界，而現實世界反而只是虛幻的假世界而已。那是個缺乏色彩的淺淡世界。在那樣的世界裡甚至不想要再活下去了。母親去世時想必父親所感覺到的事情，我那時候終於可以理解了。你明白我所說的嗎？也就是說某種事物，採取了別種形式。那不得不採取的別種形式。」

說到這裡凱西停了一會兒，默默地思考著什麼。季節是深秋，椎樹的果實落在柏油路面敲出咚地脆脆的聲音偶爾傳進耳裡。

「只有一件事我可以肯定的說。」凱西抬起頭，嘴角露出平常那安穩而有品味的微笑說。「我現在就算是死在這裡，全世界也沒有任何人會為我而那樣沉睡的。」

我偶爾會想起萊辛頓的幽靈。在凱西老宅的客廳，半夜裡熱鬧地開宴會的不明真相的眾多幽靈。還有在窗戶緊緊關閉的二樓寢室，像預備死去者般持續深深熟睡的孤獨的凱西和他的父親。喜歡親近人的狗麥爾斯，和豐富可觀得令人倒吸一口氣的唱片收藏。傑瑞米所彈的舒伯特，和停在大門口的藍色BMW休旅車。但那些事感覺彷彿已是發生在非常遙遠的過去，非常遙遠的地方。雖然那還是不久以前才經歷過的事。

到目前為止我從來沒有告訴過任何人這件事。想想確實相當奇怪，但或許因為遙遠的關係，對我來說便一點也不覺得奇怪。

綠色的獸

丈夫和平常一樣出去工作之後，留下來的我就沒事情做了。我一個人坐在窗邊的椅子上，從窗簾的縫隙一直眺望庭院。並沒有什麼特別的理由要這樣做。只是沒有其他的事可做，於是便沒什麼目的地看著庭院，我想如此一來說不定會忽然想起要做什麼來。在庭院中的各種東西裡面，我特別眺望著一棵椎樹。我從以前開始就喜歡那棵椎樹。當它還是小樹的時候我就把它種在那裡了。然後看著它逐漸長大。我簡直把那棵樹當做朋友一樣看待。我經常和那棵樹說話。

那時候，我想我心裡大概也正在和那棵樹說著話吧。雖然想不起來在說什麼，也不知道在那裡坐了多久。每次一看著庭院，時間總是滑溜溜毫不停滯地流過去。不過那時候周圍已經完全變黑了，所以我想我大概已經坐在那裡很久了。忽然一留神時，便聽見從某個很遙遠的地方傳過來細細的模糊奇怪的聲音。起初就像從我自己體內發出來的聲音似的。好像一種幻聽。像身體紡織出來的黑暗的預兆似的。我停下呼吸安靜地側耳傾聽那聲響。那聲音逐漸變得真切確實而接近我來了。那到底是什麼聲音呢？我無法想像。那聲音甚至帶著令人起雞皮疙瘩的不舒服感覺。

接著在椎樹根一帶的地面，像沉重的水要湧出地表來似的逐漸蠢蠢隆起。我倒吸了一口氣。地面裂開，隆起的土崩裂，從裡面伸出像尖銳的爪似的東西。我握起拳頭，睜大眼睛瞪著看。要發生什麼事了，我想。那爪子強勁有力地抓開泥土，洞穴逐漸愈變愈大。然後從那洞裡蠢蠢移動著爬出一隻綠色的獸來。

獸身上覆蓋著一層閃閃發亮的綠色鱗片。獸從土裡爬出來之後便渾身抖一抖，把沾在鱗片上的土抖落。牠的鼻子出奇的長，愈往尖端綠色變得愈深，那尖端像鞭子一樣細細尖尖的。然而眼睛卻是和普通人的眼睛一樣，委實讓我大吃一驚，因為那眼睛好像確確實實擁有著感情一樣，就像我的眼睛和你的眼睛一樣。

獸就那樣慢慢地往玄關走過來，用細細的鼻尖敲著門。咚咚咚，乾脆的聲音響遍屋子裡。我悄悄不讓獸知道地躡手躡腳往屋後面移動。我連喊叫都不能。附近沒有一戶人家，出去工作的丈夫不到深夜不會回來。而且我也沒辦法從後門逃出去。我們家只有一個門，而那可怕的綠色的獸又正在敲著那扇門。我屏著氣息裝成不在家的樣子，期待獸會放棄而到別的地方去。然而獸卻不放棄。獸把鼻尖變成更細，就那樣伸進鑰匙孔裡，在裡面窸窸窣窣探索著，隨即輕易地就把鎖打開。咔鏘一聲鎖就鬆開了。然後門打開了一點。牠從那縫隙之間把鼻子慢慢伸了進來，看起來就像蛇探出頭來一般地從門縫探進來。早知道會這樣剛才應該拿一把刀子站在門邊，把那鼻尖整個一刀切斷才好。我的廚房裡放著很銳利的全套各式刀子。不過獸好像洞察我的想法似的，露出嘻皮笑臉的樣子。妳這樣做也沒有用噢，綠色的獸說。獸說話的方式怎麼有一點奇怪？好像記錯話還是沒學好似的。牠說那鼻子好像蜥蜴的尾巴一樣，不管被切掉幾次都還會再繼續長出來，而且每切掉一次就長得更強壯、更長。做也是白做的。獸那令人不舒服的眼睛，好像在獨自享樂似的長久骨碌碌地環視著屋子裡。

這傢伙能夠看穿人心嗎？如果是這樣的話那可就麻煩了，我想。我無法忍受有人隨便把我的心事都讀出來，尤其對方是莫名其妙令人厭惡的獸。我渾身冒著冷汗。這傢伙到底要拿我怎麼樣？要把我吃掉嗎？還是要把我抓到土裡面去呢？不過不管怎麼樣，我想，至少這傢伙還不至於醜到不能正視的地步。從綠色鱗片突出來的纖細的粉紅色手腳長著長爪子，光看這個甚至還覺得滿可愛的。而且仔細看來，那獸好像對我並沒有惡意或敵意似的。

當然哪，那傢伙歪著頭說。獸把頭一歪，綠色的鱗片便發出咔噠咔噠咔噠的聲音，就像輕輕搖晃著放滿很多咖啡杯的桌子一樣。我怎麼會要吃妳呢？真討厭，妳說什麼來著？我沒有任何敵意或惡意呀，獸說。的確，不會錯，我在想的事情這傢伙果然全部都知道。

嗨，太太，太太，我是來這裡向妳求婚的噢。妳知道嗎？我是從很深很深的地方特地爬上這裡來的噢。很不容易喲。我挖了好多土呢。妳看爪子都脫落了好多。如果我有惡意的話有惡意的話有惡意的話，絕對不會這樣不嫌麻煩吧。我好喜歡妳，喜歡得受不了才會來到這裡呀。我在很深很深的地方想妳，實在受不了了，才爬上這裡來的。大家都阻止我噢。不過我實在忍不住了。還還還需要很大的勇氣呢。我想妳大概會覺得像你這樣的獸居然還這麼厚臉皮敢來向我求婚哪。

確實是這樣啊，我心裡想。說什麼向我求婚，真是厚臉皮的獸啊，我想。

於是獸的臉忽然露出哀傷的神色，而且好像描著那哀傷似的，獸的鱗片顏色竟然變成紫色。連身體看起來也好像隨著縮小了一圈似的。我兩臂交叉安靜地望著那變小的獸的樣子。也許說不定這獸會隨著感情的變化而逐漸化身。相較於那令人厭煩的難看外貌，也許心卻像剛做好的軟糖一樣柔軟而容易受傷也說不定。如果真是這樣的話，那麼我就穩操勝算了。我想再來試一次吧。於是我再一次大聲地想，是啊，因為你是這麼難看的獸啊。我的聲音大得讓我的心都嗡嗡回響。因為你是這麼難看的獸啊。於是獸的鱗片顏色眼看著變成紫色。那眼睛好像吸進了我的惡意似的逐漸膨脹起來，就像無花果一般從臉上跳出來，從那裡面湧出紅色汁液一般的眼淚發出聲音潸潸流下來。

我已經不再覺得獸可怕了。我試著在腦子裡想像各種可能想得到的殘酷情況。我用鐵絲把獸綁在沉重的大椅子上，用尖銳的夾子把綠色鱗片一片片地剝下來，用火把銳利的刀子尖端燒得紅紅的，往牠那柔軟脹起的桃色腳脛劃下好幾道深痕，用燒紅的焊鉗使勁刺進那凸起得像無花果般的眼睛。當我在腦子裡一一想像這些時，獸便像實際遭遇那種情況般發出痛苦的呻吟，悲哀的呼叫，掙扎翻滾。流著紅色的眼淚，體液般泥濘的東西紛紛滴落地上，從耳朵裡冒出有玫瑰花香的灰色氣體，而那膨脹的眼睛則含著怨氣一直瞪著我。太太，拜託妳，饒了我吧，請不要想那麼殘酷的事，獸說。請妳連想想都不要想，那獸悲哀地說。我沒有任何惡意呀。我也不會做任何壞事。我只是很想想妳而已呀。不過我並不聽他的。開玩笑。你突然從我的庭院裡爬出來，沒有任何通知就隨便把我家的門鎖打開，闖進裡面來，不是嗎？我想。又不是我招呼要你來的。我有權利愛怎麼想就怎麼想，所以我就繼續想更多更慘的事。我用所有的機器、道具凌虐獸的身體。切牠割牠。能讓有生命的存在痛苦，能讓牠痛苦翻滾的方法，我沒有一件沒想到。喂，你真不瞭解女人啊。這種事情我要想多少就可以想到多少啊。不過不久獸的輪廓開始模糊地滲開了，連那氣派的綠色鼻子都縮小得像蚯蚓一樣了。獸一面在地上翻滾掙扎，一面動著嘴巴像在最後要向我說什麼似的。好像有什麼很重要、忘了說的古老訊息要傳達給我似的，好沉重。然而那嘴巴終究痛苦地停止了動作，進而模糊地煙消霧散了。獸的形體像夕暮的影子一般變薄、變淡，只有那悲哀的脹起的眼睛還依戀地留在空中。這樣也沒有用的，我想。看什麼都沒有用的。你什麼也說不出來，什麼也做不出來。你的存在已經完全結束了啊。於是不久連眼睛也消失在虛空之中，夜的黑暗無聲地充滿屋裡。

沉默

我試著問大澤，過去是否曾經跟人吵架而打過人呢？

大澤瞇細了眼睛好像在看一個眩眼的東西似的看著我的臉。

「你為什麼問我這種事呢？」他說。

那種眼神一點都不像平常的他。那裡面放射出某種生動閃爍的光芒。不過那也只不過是一瞬間而已。他立刻把那光芒深深收斂起來，恢復成平常穩重的表情。

沒有什麼特別的意思啊，我說。那確實不是有什麼含意的問題。只是由於一點好奇心使我提出這樣的問題——大概是個多餘的問題吧。接下來我立刻轉變了話題。不過大澤對那話題並不怎麼感興趣。他似乎在沉思著什麼。也好像在忍耐著什麼，或猶豫著什麼。沒辦法我只好漫不經心地眺望窗外排列著的銀色噴射客機。

我之所以會提出那樣的問題，是因為他提到從中學以來就一直到健身房上拳擊課。在為消磨登機時間而漫無邊際地閒聊著之間，無意中談到這個。他已經三十一歲了，但到現在還每星期持續到健身房去上一堂課。他在大學時代甚至曾經好幾次被選為對抗賽的代表選手。我聽了覺得有點意外。因為到目前為止我跟他一起工作過好幾次了，但實在想不到大澤竟然會是個持續練拳擊達將近二十年的人。他很安靜，不是愛出風頭的人。工作態度一直是很誠實的，忍受力也強，不管對人對事從來沒有一次為難的施加壓力。不管怎麼忙碌絕不會粗聲大氣或橫眉豎目的。我也從來沒聽他說過一次別人的壞話，或抱怨過什麼。說起來他是一個令人不得不對他抱有好感的人。從外表樣貌來說，也非常溫厚而悠閒，和攻擊性這種東西是遙遠得扯不上關係的。這種人會是在什麼地方和拳擊連結在一起，我實在難以想像。所以我忽然提出了這樣的問題。

我們在機場的餐廳喝著咖啡。大澤兄和我正準備一起到新潟去。季節是十二月初，天空陰沉沉的。新潟似乎從早上開始就下著大雪，飛機起飛的時間可能比預定要大為延後了。機場裡混亂地擠滿了人潮。擴音機不斷播放著班次延遲的通告，人人都露出無奈的表情。餐廳的暖氣有些太強，我一直用手帕擦著汗。

「基本上一次也沒有。」大澤沉默了一會兒突然這樣說。「從我開始學拳擊以來，一次也沒有打過人。一開始學拳擊，就一直被灌輸這樣的觀念。學拳擊的人絕對不可以不戴手套而在拳擊場外動手打人。普通人打了人，只要命中要害就夠嚴重了。如果是學拳擊的人的話，那就更不堪設想了。因為這等於是故意用凶器的行為。」

我點點頭。

「不過說真的，只有一次我打了人。」大澤兄說。「那是初中二年級的時候。剛剛開始學拳擊，不過不是我為自己找理由，那時候我還沒學到任何拳擊的技術之類的東西。當時我在健身房上的課還只是為了建立基礎體力的菜單似的東西。比方像跳繩、拉筋、跑步等等而已。而且並不是想打而打的。只是我當時非常生氣，還沒來得及考慮，拳頭已經揮出去了。一點也停不下來。當我警覺到的時候，已經把對方揍歪了。我打完還氣得渾身不停地發抖。」

大澤兄開始學拳擊是因為他叔叔經營拳擊健身房。那可不是到處可見的馬馬虎虎的社區健身房，而是曾經培養出兩屆東洋冠軍選手的像樣健身房。父母親為了讓大澤鍛鍊身體問了問他的意願。他們看見兒子總是悶在屋子裡讀書很擔心。雖然大澤對於學拳擊並不太起勁，但還滿喜歡叔叔的為人，心想學一點試試看也不錯，如果不喜歡再停止好了，就是在這種輕鬆心態下開始的。不過搭電車花將近一小時到叔叔的健身房上了幾個月課之後，他對那種競技居然連自己都覺得意外的感到興趣。他被拳擊吸引的最大原因是基本上那是一種沉默寡言的運動。而且是極其個人性的運動。那是個他從來沒看過的、接觸過的嶄新世界。那個世界毫無理由地使他怦然心動。

那些比自己年紀大的男生身上飛濺的汗水的氣味、手套的皮革互相擦碰發出啾啾的堅硬緊繃的聲音、每個人埋頭苦幹快速有效地使用肌肉的樣子，逐漸但確實地捕捉住他的心。每星期六和星期日到健身房上課，對他來說成為少數期待的樂事之一。

「我喜歡上拳擊的理由之一，是那其中有著深度。我想是那深度捉住了我。和這比起來，打人或被打真的都不算一回事了。那只不過是結果而已。有勝，也有敗。不過只要瞭解那深度，人就算輸了，也不會受傷。人不可能在各方面都得勝。人總有一天會被打敗。重要的是瞭解那深度。拳擊這東西——至少對我來說——就是這種行為。在比賽的時候，有時候會覺得自己好像在一個深深的洞穴裡似的。非常深的洞穴。看不見任何人，任何人也看不見你的深。在那裡我以黑暗為對象戰鬥著。很孤獨。不過並不悲哀。」他說。「雖然說起來同樣是孤獨一句話，但其中卻有各種的孤獨。有悲傷難過得神經都要切斷撕裂的那種孤獨。不過也有不是那樣的孤獨。為了要得到這樣的東西不能不把自己的肉削除。不過只要努力，這麼一點東西是會確實回報你的。這是我從拳擊所學到的事情之一。」

大澤兄說到這裡沉默了一會兒。

「我本來真的是不想提這件事的。」他說。「可能的話這件事我想忘得一乾二淨。不過當然忘不了。想忘記的事是絕對忘不了的。」大澤兄說著笑了。然後他看看自己的手錶。時間還有很多。於是他慢慢地開始說起來。

＊

大澤兄那時打的男生是他的同班同學。那男生的名字叫青木。大澤兄本來就討厭那個男生。雖然他自己也不瞭解為什麼會那麼討厭他，但從第一眼看到他開始，就忍不住非常非常討厭。這麼討厭一個人，對他來說這輩子還是第一次。

「會有這種事嗎？」他說。「我想不管是誰，不管是什麼樣的人，大概一生都會有這麼一次吧。我是說毫無道理的討厭一個人。雖然我覺得自己不是一個沒有理由就討厭人的人，不過畢竟也有這樣的對象。這不是道理能說得通的。而且問題是，大多的情況，對方對你也抱著一樣的感情。

「青木功課很行。通常都拿到第一名的成績。我上的是全部男生的私立學校，而他是相當受歡迎的學生。在班上被另眼相看，老師也喜歡他。成績雖好但絕不驕傲，感覺通達情理，甚至會輕鬆地說笑話。因此也有一點正義好漢似的地方……。但我在那背後隱約看到他的善於掌握要領，和本能性工於計算之類的方面，令我厭膩，從一開始就無法忍受。不過如果你要我具體說明又實在很傷腦筋。因為這沒辦法舉例。我只能說，我就是知道而已。我對那男生身上散發出來的自我和驕傲的氣味，已經本能地無法忍受。那就像對某個人的體臭在生理上無法忍受是一樣的事情。因為青木是個頭腦很好的男生，所以他已經非常巧妙地將這樣的氣味設法消除了。以至於很多同班同學都以為他是個既公正又謙虛又親切的人。我每次聽到這樣的意見時——當然多餘的廢話一句也沒說——只是覺得非常的不高興。

「青木和我在所有的意義上都站在對照的立場。算起來我是屬於話很少的，在班上也不太起眼。本來就不喜歡引人注意，而且一個人獨處也並不覺得特別難過。當然也有幾個類似朋友的對象。不過並沒怎麼深交。在某種意義上我也算是個早熟的人。所以與其和同班同學交往，不如喜歡一個人看看書，或聽聽父親擁有的古典音樂唱片，或到拳擊健身房去聽聽比我年紀大的人說話。正如你所看見的，論風采我並不怎麼顯眼。論成績雖然不算差，也沒特別好，老師常常會忘記我的名字。我是屬於這一型的。所以我也就努力不要讓自己太出風頭。我既沒告訴任何人去學拳擊的事，也從不提我讀的書和聽的音樂。

「跟我比起來，這個叫青木的男生，不管做什麼都像泥沼中的白鳥一般顯眼。他既是班上的明星，也是意見領袖。總之頭腦很好，這點我也承認。他反應很快。對方想要什麼，在想什麼，對他來說要瞭解這些簡直易如反掌。而且他會巧妙地對應這些而改變自己。所以大家都很佩服青木。說他是腦筋好得不得了的男生。不過我並不佩服他。我覺得青木這個人只有淺薄而已。甚至覺得如果這就算腦筋好的話，那麼我腦筋不好也沒關係了。確實像剃刀一樣乾脆俐落得很。不過這男生沒有所謂的自己。沒有任何想要對別人訴求的主張。只要自己能夠獲得大家的認可，就已經滿足了。對於自己這樣的才華感到自我陶醉。只是順著風向團團轉而已。沒有所謂實質的東西。不過誰也不瞭解這點。明白這個的也許只有我而已。

「我想青木大概也略微明白我的這種心情。因為他是個感覺敏銳的人。而且我想他對我可能感覺到某種像是可怕似的東西吧。我不是傻瓜。雖然不是什麼了不起的人，但依然不是傻瓜。雖然不是我自豪，但我從那時候開始就擁有所謂自己的世界了。就拿書來說，我想就沒有其他人像我讀過這麼多書。不過我也年輕，就算自己想要巧妙地隱藏，但仍會不自覺地感到驕傲，有些地方不把別人看在眼裡。我想這種類似無言的自負可能刺激到青木了。

「有一天我期末考試的英語成績拿到第一名。考試拿第一名對我來說還是第一次。並不是偶然拿到的。那時候有一種強烈的欲望想要得到什麼東西——至於那是什麼東西我已經怎麼也想不起來了——不過如果考試有任何一科拿到第一名，家裡就會買給我。所以我想總之在英語上試試看，因此徹底地用功了一番。考試的範圍我從頭到尾每個細節都溫習過。一有空閒就暗記動詞的活用。幾乎可以背下整冊教科書那樣地一再熟讀過。所以得到將近一百分的成績名列第一對我來說一點也不奇怪。是理所當然的事。

「不過大家都吃了一驚。好像連老師也很吃驚。而青木好像為此而大受打擊的樣子。因為青木在英語考試方面向來都是連續拿第一的。老師在發回考卷的時候還拿這向青木打趣了一下。青木頓時滿臉通紅。大概覺得自己變成笑話了吧。幾天之後，青木對人說了我不太好的傳聞。說我考試作弊。否則想不出我有什麼理由考第一。這件事我從幾個同班同學那裡聽到。我想我聽了一定相當生氣。其實這種事如果當做耳邊風一笑置之也就算了。不過當時還是個初中生，還沒辦法那麼酷。於是有一天中午休息時間我把青木帶到一個沒什麼人的地方，質問他說我聽到這樣的傳聞，到底這是什麼意思?青木裝成一副不知情的樣子。喂，你少找碴噢，他說。我沒有什麼好讓你說的。不要以為由於什麼錯誤而拿到第一名就神氣了噢，究竟是怎麼回事誰不知道呢。從他嘴巴裡竟然說出這樣的話。隨後把我用力推開就要走了。我想他一定認為自己個子比我高，體格比我好，力氣也比我大吧。就是在那個時候我反射性地打了青木。當我一留神時，我已經伸出手猛然打在青木的左頰上了。青木朝旁邊倒下。倒下時頭正好撞到牆上，甚至發出咚好大一聲。鼻血流出來黏黏地沾到白襯衫前襟。他就一直坐在那裡以恍惚的眼神看著我。我想大概是嚇了一跳還搞不清楚到底發生了什麼事吧。

「不過在我自己的拳頭碰到他的頰骨那一瞬間，我就後悔了。我覺得不管發生什麼事情都不應該這樣做的。我非常難過，同時立刻領悟到即使這樣做也一點都沒用。我仍然氣得渾身發抖。不過也非常明白自己做了一件傻事。

「我想到要不要跟青木道歉。不過我並沒有道歉。我想如果不是青木的話，我一定當場就好好道歉了。不過只有對青木這傢伙我無論如何都沒有道歉的意思。雖然我後悔打了青木，但絲毫都不覺得自己對不起青木。心想這傢伙挨揍也是活該的。這傢伙簡直就像是害蟲一樣。其實這種人被踩扁也是活該的。不過我不應該打他，這是直覺性的真理。但是已經太遲了。我已經揍了對方。我把青木留在那裡自己走開了。

「下午的課青木沒有出現。也許他就那樣回家了吧，我想。不快的心情始終揮之不去。不管做什麼，心都無法平靜。聽音樂也好讀書也好，一點都快樂不起來。胃的底部有什麼沉重的東西積在裡面，精神一點都無法集中。感覺簡直就像吞進了討厭的臭蟲。我躺在床上一直注視著自己的拳頭。而且想到自己是個多麼孤獨的人啊。我對於使自己這樣感覺的青木這傢伙比以前更強烈憎恨起來。」

「青木從第二天開始總是故意忽視我。裝成我這個人根本不存在似的。考試依然繼續拿第一名。我對考試再也打不起精神去準備了。我覺得這對我都無所謂。為了這種事跟別人認真地爭，我覺得好像非常無聊。所以功課方面我只適度地應付，只要不落後就行了，其他時間我就做自己喜歡做的事。並繼續到叔叔的健身房去上課。我非常熱心勤快地鍛鍊。因此我的實力以初中學生來說已經相當不錯了。我可以感覺到自己的身體逐漸在改變。肩膀變寬了，胸部變厚了。手臂變結實了，臉頰的肉緊繃著。就這樣我覺得自己正在變成大人。這是一種很棒的感覺。我每天晚上赤裸地站在浴室的大鏡子前面。那時候光是看著自己這樣的身體就很快樂。

「那個學年結束後我和青木就分別被分到不同的班級。我因此而大為鬆了一口氣。光是每天在教室不用和他碰面就很高興。我想青木也是一樣吧。而且我想這樣下去，那件不愉快的記憶應該會從此遠去了吧。然而事情並沒有這麼簡單。青木一直在等待時機向我復仇。就像自尊心強的人往往會做的一樣，青木是個報復心很強的人。他不是那種可以輕易忘記自己曾經受到侮辱的人。他只是在等待著徹底扯我後腿的機會來臨而已。

「我和青木上了同一所高中。我們學校是初中和高中一貫的私立學校。每年雖然都重新分班，但我和青木一直分在不同的班上。然而到了最後，高三那年我和他又被分在同一班了。我和他在那教室裡碰面時，心裡覺得非常不舒服。那時候他的眼神讓我討厭。跟他四目相對之後，胃的底部就像以前曾經感到過的同樣的沉重東西又再回來了。一種所謂不祥的預感。」

大澤兄說到這裡閉上嘴，盯著眼前的咖啡杯看了一會兒。終於抬起頭來露出淡淡的微笑看著我的臉。聽得見窗外噴射機的噴氣聲。波音七三七像楔子似的一直線衝進雲裡。就那樣消失了。

大澤兄繼續說下去。

「第一個學期什麼事也沒發生，平安無事地過去了。青木也和往常一樣，他和初二那時候幾乎沒有什麼改變。有一種人是既不成長也不後退的。只是一味做著同樣的事情而已。青木的成績依然保持頂尖，人緣依然很好。這種人可以說是巧妙地掌握了類似人生的訣竅的東西。但對我來說他依然是個令我極其不快的男生。我們彼此盡量讓眼光不要相遇。在教室裡居然有一個這樣討厭的對手真不是一件好過的事。不過，也沒辦法。因為我這邊也有責任。

「暑假終於到了。這是高中生的最後一個暑假。我得到馬馬虎虎還算不錯的成績，如果不隨便掉以輕心的話，我想應該可以考上適當的大學吧，所以我並沒有特別為考試而用功。只是每天把學校的預習和複習大概做一遍而已。父母親也沒有怎麼囉唆。星期六和星期天我照常到健身房去上課，此外就讀讀書、聽聽唱片。不過大家倒相當緊張。我們學校是初中高中一貫教育的所謂升學主義的學校。有幾個人上了什麼大學，或在什麼大學的入學者人數佔了第幾名之類的，教師對這些事情會一喜一憂神色緊張的學校。學生們也一到了三年級，頭腦完全專注起來，教室的空氣變得相當緊張。我不喜歡學校的這方面。剛進來的時候就不喜歡了，六年來直到最後還是沒辦法喜歡。在學校裡直到最後為止都沒交上一個認真的朋友。我在高中時代說得上正常交往的對象，只有在健身房裡遇到的人。大部分都比我大，有一大半已經擁有工作了，不過我和他們相處得非常愉快。我們練習完畢之後會到某個地方喝杯啤酒、聊各種事情。他們跟班上的傢伙完全是屬於不同種類的人，所談的事情也和我平常在班上談的完全不同。不過我跟他們在一起覺得可以放鬆多了。而且我從他們身上真的學到許多事情。如果我沒有學拳擊，沒有到叔叔的健身房去上課的話，不知道自己會多麼孤獨。一想像到這種事情，現在都會覺得心驚。

「暑假裡發生了一件事。班上有一位同學自殺了。一個叫做松本的男生。松本是不太顯眼的學生。說真的，說是不顯眼不如說沒有印象似乎更接近。當人家告訴我他死了時，我甚至不太想得起來他的臉長什麼樣子。雖然在同一班上，但我想我和那個男生說話大概不會超過兩次或三次。說不定是那個臉色不太好的男生吧，我能想到的只有這樣而已。他是在八月十五日的前幾天死的。葬禮和終戰紀念日同一天，所以我還記得很清楚。那是非常熱的一天。有人打電話到家裡來，告訴我說那個男生死了，希望我出席葬禮。全班都去參加葬禮了。那個男生是跳到地下鐵的鐵軌而死的。原因不清楚。雖然留下了類似遺書的東西，但那上面只寫了一句話，寫著已經不想去學校了而已。至於為什麼不想去學校的詳細理由則沒有寫。至少據說是這樣。因此學校方面也慌慌張張的。葬禮之後全學年的學生在學校集合，校長對著大家講話。說他非常哀悼松本的死，一定要我們全體同學牢牢記得他死的沉重，並且要超越這悲哀，一起更加努力精進……之類常聽的話。

「然後只有我們班在教室集合。教務主任和級任老師站在前面，他們說如果我們知道松本自殺的原因的話，必須提出來糾正，所以如果班上有同學對他的自殺原因想到什麼線索的話希望能坦白說出來。大家靜悄悄的，沒有一個人開口。

「我對這種事並不在意。只覺得死掉的同班同學太可憐了。為什麼要選擇這麼慘的死法呢？如果討厭學校的話，只要別來上學就行了啊。而且再過半年再怎麼討厭也不能不離開了。為什麼非要死不可呢。我真是無法理解。我想大概是神經衰弱吧。因為從早到晚都是考試的話題，有那麼一個人腦筋出了問題，也沒什麼奇怪的。

「不過暑假結束、學期開始之後，我發現班上散發著一股奇怪的空氣。總覺得大家對我非常疏遠。即使有什麼事情我對旁邊的人開口說話，也總是覺得得到極不自然而且不熱心的回答。剛開始我還以為大概只是錯覺而已。或者大家整體上變得神經緊張了而已，我也並不怎麼在意。不過開學了五天左右之後，我突然被老師叫出去。叫我放學後留下來到教職員室去。級任老師問我說聽說你到拳擊健身房去上課，是真的嗎？是真的，我回答。這並沒有違反校規之類的。是什麼時候開始去的，他問。我回答從初中二年級的時候開始。你在初中的時候打過青木是真的嗎？老師問。是真的，我回答。不能說謊噢。那是在開始練拳擊之前，還是之後，老師問。是開始之後，我說，不過那時候還什麼都沒教，剛開始的三個月也沒有讓我們戴過拳套，我說明道。不過老師並不聽我的。那麼你打過松本嗎？老師問。我吃了一驚。因為正如剛才說過的，我跟松本這個男生幾乎連話都沒說過。更不可能打過他。為什麼我非要打松本不可呢？我說。

「據說松本經常在學校挨揍，老師的臉很難看地說。臉上和身上經常帶著傷回家。他母親這樣說。說在學校，在這所學校裡，被人打，零用錢被搶走。不過松本並沒有告訴他母親那個人的名字。他大概認為如果說出來更會挨揍吧。因此他想不開就自殺了。真可憐，沒有人可以商量。被打得相當嚴重噢。我們正在調查是誰打了松本。如果你想到什麼的話，希望能坦白說出來。這樣的話事情也可以平靜地解決。要不然，警察會介入調查噢。這個你懂吧。

「這件事跟青木一定有關係，我立刻就明白了。青木把松本的死真是利用得太巧妙了。我想也許他什麼也沒說謊。他不知道從什麼地方得知我去拳擊健身房上課的事，我想不出他為什麼會知道。不過總之他知道了。而且也聽說了松本在死以前曾經挨揍的事。接下來就簡單了。只要一加一就行了。只要到老師那裡去，告訴老師我在健身房上課，和我過去曾經打過他就行了。當然或許多少加油添醋了一些。我想他也許會說我被他嚴重威脅，一直到現在為止都沒有對任何人說過挨他揍的事，或者流血流得多厲害之類的。不過我想他並沒有捏造什麼立刻會被識破的單純謊言。因為他對這方面是很用心的男生。他把單純的事實一件一件巧妙地著上色彩，最後就形成像是無法否定的空氣似的東西了。我對他的這種手法瞭若指掌。

「老師似乎把我當做嫌犯似的盯著。他們認為會去拳擊健身房上課的人多多少少有點不良。而且我本來就不是老師所喜歡的那一型學生。三天後我被警察叫去。不用說，我深受衝擊。因為那是毫無根據的事。也沒有任何證據。那只不過是傳說而已。我真的很傷心，也很氣憤。因為沒有人相信我說的話。連必須公正才行的老師都不袒護我。警察對我做了簡單的調查。我說明和松本幾乎沒有說過話。我確實在三年前打了青木這學生，不過那只是一般常見的打架而已，而且從那次之後我沒有引起任何問題。只有這樣而已。有人說你打過松本，負責的警察說。這是謊話，我說。有人惡意散布這種謠言，我說。警察除此之外也不能怎麼樣。因為沒有任何證據，只是傳說而已。

「不過我被警察傳訊的事立刻在學校傳開了。其中必然有著什麼隱情，不知由何處洩漏了出來。大家看我的目光有著決定性的改變，都在想被警察傳訊一定有被傳訊的根據吧。大家似乎都相信我就是毆打松本的人了。

「到底教室裡流傳著什麼樣的謠言，青木到底向大家說了什麼嚴重的話，我都不知道。這種事情對我來說也不想知道。不過我想一定是很糟糕的話。總之教室裡沒有人跟我說話了。就好像約定好了似的——或許實際上真的在某個地方約定好了——誰也不跟我說話了。就算我有什麼必要的事情對他們開口，也沒有人回答我。從前和我交情不錯常常談話的傢伙們也都不再靠近我了。大家簡直把我當做傳染病患者般地迴避著。好像把我這個人的存在從腦子裡徹底忽視掉了似的。

「不只是學生這樣。連老師們都盡量不和我打照面。他們在點名時會叫我的名字。不過就如此而已。他們絕對不會指名問我什麼。最糟的是體育課的時間。不管任何競技活動，事實上我都無法加入任何一隊。沒有人願意和我組成搭檔。而且老師也從來沒有幫過我一次忙。我默默去學校，默默上課，然後就那樣回家。每天每天都繼續這樣。那真是痛苦的每一天。經過兩、三星期之後，我逐漸變得沒有食欲，體重減輕，夜裡也變得睡不著了。一躺下來胸口就怦怦地跳著，各種影象一一浮現，實在睡不著。而且即使醒著，總覺得腦子一直模糊不清。甚至逐漸變得無法確切掌握自己現在到底是醒著還是睡著了。

「不久後我甚至常常沒去練拳擊。父母很擔心，問我是不是發生了什麼事。不過我什麼也沒說。我說沒什麼，只是累了而已。因為就算向父母坦白說出來，他們也不能做什麼。我從學校回到家就躲在自己的房間呆呆看著天花板。什麼也不能做。只能望著天花板想東想西而已。

「我想像著各種事情。最常想像的，是毆打青木。我逮到青木一個人在的時候，一次又一次地揍他。說像你這樣的傢伙簡直就是人渣，然後使勁揍他。對方唉唉叫，哭著求饒，我還是揍了又揍，揍得他鼻青眼腫不成樣子。不過在揍他的時候，我的心情逐漸害怕起來。剛開始很好。心想你活該！覺得真爽。不過漸漸變得很討厭。雖然如此我還是無法停止想像自己揍青木的光景。望著天花板時青木的臉就會自然地浮現在那裡，一留神時我已經在揍著青木。而且一旦開始揍起來，就停不下來。當我想像時會覺得很不舒服，實際上也曾經吐過。我真不知道該怎麼辦才好。

「我也想到過站在大家面前，明白地說出我什麼也沒做。如果我真的做了什麼該被處罰的事的話，請拿出證據來。如果沒有這樣的證據的話，請不要再這樣處罰我。不過我預感沒有人會相信我。而且說真的，我對於那些把青木的話完全信以為真的傢伙，並不想做這種辯白。何況這樣辯白的話，等於是向青木顯示我正在傷著腦筋。我並不想和青木這種人踏上同一個摔跤場一決勝負。

「如此一來，我變得動彈不得。既不能揍青木也不能罰他，而且也無法說服大家。我所能做的，說起來只有沉默地忍耐而已。還有半年。再半年學期就結束了，那麼我就不需要再和任何人見面了。這半年之間，只要一直保持沉默地忍耐著就行了。不過我對自己是否能堅持六個月實在沒自信。連能不能忍耐一個月都沒自信。我回到家用簽字筆在月曆上把一天、一天塗得漆黑。今天終於過去了，今天終於過去了那樣。我簡直快被壓垮了。如果不是某一天早上和青木搭同一輛電車的話，可能就真的被壓垮了也說不定。現在回想起來依然很清楚，我的神經已經被壓迫到那麼危險的地步了。

「我總算能夠從那地獄般的狀況重新站起來。是在那件事開始經過一個月左右的事。我在上學的電車上偶然遇到青木。電車和平常一樣客滿，擠得甚至連身體動都不能動。我早就看到青木的臉。隔了兩、三個人，越過那些人的肩膀，可以看見青木的臉。我和他正好面對面的站著。他也發現了我。我們彼此對看了一會兒。我想我那時候臉色一定很糟糕。因為沒睡好，變得有點神經衰弱的樣子。因此剛開始青木以冷笑似的眼神看著我。怎麼樣！好像在這樣說。我知道這整個事件是青木在搞鬼，青木也知道我知道這個。我們有一陣子互相瞪視著。不過我在看著那個傢伙的眼睛時，漸漸心情變得很不可思議。那是我以前所不曾感覺過的感情。當然我很氣青木。有時候甚至恨得想殺他。不過那時候，在電車裡我感覺到的與其說是憤怒或憎恨，不如說更接近悲哀和憐憫的感情。人真的只為這種程度的事情就能夠變得這樣得意，就可以有戰勝的自豪嗎？只需這麼點事情這個男人就真的滿足了、歡喜了嗎？我想。這麼一想，我竟然感到一種深切的悲哀。

這個男人可能永遠無法瞭解真正的喜悅和真正的自豪為何吧，我想。有一種人就是注定缺少深度這東西。我不是在說自己有深度。我想說的是，有沒有能力去理解所謂深度這東西的存在。不過他們連這種能力都沒有。那是一種空洞而平板的人生。不管多麼想吸引別人的目光，不管表面上多麼的勝利自豪，其實卻什麼也沒有。也沒有任何意義。

「我一面想著這件事，一面安靜地注視著他的臉。我已經不再想揍青木了。他的事情都已經無所謂了。真的連自己都很吃驚地覺得無所謂了。我打算再忍受五個月這種沉默。而且我想我一定可以忍受得住了。我還留著所謂自尊這東西。我總不能被像青木這樣的人一直拉著往下滑吧，我清楚地想道。

「我以這樣的目光注視青木。相當長一段時間我們互相看著對方的臉。對青木來說，想必也認為如果避開目光的話就表示輸了吧。直到電車到站為止，我們雙方眼睛都沒避開。不過最後青木的目光動搖了。雖然只是輕微的動搖，但我卻可以感覺到。我非常清楚地知道。那是一種拳擊手的腳變得移動不了時的目光。雖然自己想要移動，但實際上卻沒有動。自己並不知道。還以為正在移動，但腳卻是停著的。腳一停下來，肩膀就不能平滑移動了。於是打擊也失去勁道。是這樣的眼神。覺得有一點不對勁，但自己都不知道是怎麼回事。

「以這為界我又重新站起來了。夜裡睡得沉穩，東西吃得下，拳擊練習又去上了。我想沒有輸的道理。並不是贏了青木這樣的事。而是覺得對人生沒理由認輸。自己總不能這麼簡單就被別人的輕蔑和侮辱壓垮。我就那樣忍耐了五個月。沒有跟任何人說一句話。自己沒有錯，是大家錯了，我繼續這樣說給自己聽。我每天挺著胸膛去學校，挺著胸膛從學校回家。並且高中畢業後，我進了九州的大學。因為我想如果到那邊去的話就大可不必和高中時代認識的人碰面了。」

大澤兄說了這些之後，嘆了一口大氣。然後問我要不要再來一杯咖啡。我拒絕了。因為從剛才到現在已經喝了三杯咖啡。

「擁有那樣強烈的經驗，人不管怎麼樣都會改變的。」他說。「會往好的方面改，也會往壞的方面變。以好的方面來說，我想因為那件事使我變成一個忍耐力很強的人。跟那半年裡所嘗過的事比起來，後來我所經驗到的苦境，根本就不能算是苦境了。我只要一想起那時，大多的痛苦和辛苦都可以努力克服了。而且對於周圍人們所受的創傷和痛苦，也變得比一般人敏感。這是附加的優點。由於獲得這些正面的特質，我在那之後交到了幾個真正的好朋友。不過也有負面的影響。我從此對人沒辦法從頭開始完全信任。並不是所謂不相信人，或這一類的。我有太太，也有孩子。我們組成家庭，互相守護。這種事情如果沒有信賴的話是辦不到的。不過，我想，即使現在是這樣平安無事地生活著，但萬一發生了什麼，如果有什麼非常惡意的事情降臨，把這種生活連根拔起搗得天翻地覆的話，就算自己被幸福家庭和好朋友圍繞著，也會不知道怎麼辦才好吧。有一天突然沒有一個人相信我說的話，或你說的話了。那種事情是會突然發生的。有一天突然來了。我經常這樣想。上一次那件事情總算在六個月後結束了。不過下次如果同樣的事情發生，誰也不知道會持續多久。而且下一次自己能夠忍耐多久，我完全沒有自信。我一想到這裡，常常會覺得很恐怖。半夜裡曾經為那樣的夢而突然嚇醒。說起來，這種事經常發生。這時候我會把妻子叫起來。而且趴在她身上哭。曾經足足哭了一小時之久。我害怕、害怕得不得了。」

他停下話題，一直注視著窗外的雲。雲從剛才開始就一動也不動。像頂蓋一般沉重地覆蓋著天空。管制塔和飛機、運輸車輛、飛機扶梯、穿著作業服的人們，好像都被這樣的雲吸走了所有可稱得上色彩的東西了。

「我所害怕的不是像青木這種人。這種人很可能到處都存在。我對這種人的存在已經放棄了。我一看到這種人，就希望不要跟他們扯上任何關係。總之逃開就是。這並不是多麼困難的事。這種人我立刻看得出來。而且同時，我對青木這種人，某方面也覺得他們滿偉大的。他們伺機以待的能力，掌握機會的能力，很巧妙地掌握人心加以煽動的能力——這不是每個人都有的。雖然我對這樣的東西討厭得覺得噁心，但也承認那是一種能力。

「不過我真的覺得恐怖的，是對青木這種人毫無批判地接納，毫無保留地相信的傢伙們。自己什麼都生不出來，什麼都不瞭解，卻被別人順口的話、容易接受的意見所鼓舞而採取集團行動的傢伙們。他們絲毫沒有、一點都沒有想一想自己是不是做了什麼錯誤的事了。他們這些傢伙萬萬想不到自己可能對某個人造成無意義而決定性的傷害。他們對於自己的行動造成什麼樣的結果，不負任何責任。我真正害怕的是這些傢伙。而我半夜裡夢見的也是這些傢伙的樣子。在夢裡只有沉默。在夢中出現的人們沒有所謂的臉。沉默像冷冷的水一樣逐漸滲透一切。而在沉默中一切都逐漸融化成泥濘。在那裡面我一面融化下去一面拚命喊叫，但沒有任何人肯聽我的呼喚。」

大澤兄搖搖頭這樣說著。

雖然我等他繼續說下去，但話說到這裡就結束了。大澤兄雙手在桌上交握著，只是一直沉默不語。

「時間還早，要不要喝啤酒？」稍過一會兒他說。喝吧。我說。心情覺得確實想喝啤酒。

冰男

我和冰男結婚了。

我是在某個滑雪場的飯店遇見冰男的。這或許應該說是認識冰男的絕佳地方吧。在許多年輕人擠來擠去非常熱鬧的飯店門廳，坐在離壁爐最遠角落的椅子上，冰男獨自一個人正在安靜地看書。雖然已經接近正午時分了，但我覺得冬天早晨清冷鮮明的光線獨獨還留在他周圍似的。「嘿，那個人是冰男喏。」我的朋友小聲地告訴我。但那時候所謂冰男到底是什麼樣的東西我還完全不知道。我的朋友也不太知道。只知道他叫做冰男這回事而已。「一定是用冰做成的噢。所以叫做冰男哪。」她一本正經地對我說。好像在談幽靈或傳染病患者似的。

冰男個子高高的，頭髮顯得很硬的樣子。從容貌看來好像還很年輕，但那粗硬硬鐵絲般的頭髮裡卻隨處混雜著像融剩的殘雪般的白髮。顴骨像冰凍的岩石般有稜有角，手指上結了一層永不融化的白霜，但除了這些之外，冰男的外表幾乎和一般男人沒有兩樣。或許說不上英俊，但以不同觀點來看時，倒也相當有魅力。擁有某種尖銳得刺中人心的東西。尤其是他的眼睛，會讓人這樣感覺。簡直像冬天早晨的冰柱般閃耀著寡默而透明的眼神。那是在湊合而成的肉體之中，唯一看得到像真實生命的光輝。我在那裡佇立一會兒，遠遠地望著冰男。但冰男一次也沒抬起頭來。他身體動也不動地一直繼續看著書。簡直像在對自己說身邊沒有任何人在似的。

第二天下午冰男還是在同一個地方同樣地看著書。我到餐廳去吃中飯時，和傍晚前跟大家滑雪回來時，他都還坐在和前一天同一張椅子上，以同樣的眼神投注在同一本書的書頁上。而且接下來的一天也一樣。天黑之後，夜深之後，他還像窗外的冬天一樣安靜地坐在那裡，一個人獨自看著書。

第四天下午，我隨便找了一個藉口沒去滑雪場。我一個人留在飯店，在門廳徘徊了一會兒。大家都已經出去滑雪了，門廳像被遺棄的街道般空蕩蕩的。門廳的空氣過於溫暖潮濕，混合著奇怪的鬱悶氣味。那是黏在人們靴底運進飯店裡來，並無意間在暖爐前面咕嗞咕嗞地融化掉的雪的氣味。我從不同的窗戶往外張望，隨手翻一翻報紙。然後走到冰男旁邊，乾脆鼓起勇氣跟他說話。我說起來算是怕生的人，除非真正有事否則是不會跟不認識的人說話的。但那時候我無論如何都想跟冰男說話。那是我住在那家飯店的最後一夜，如果放過這次機會的話，我想可能再也沒什麼機會能和冰男說話了。

你不滑雪嗎？我盡可能以不經意的聲音問冰男。他慢慢抬起臉來。一副好像聽見很遠地方的風聲似的表情。他以那樣的眼神盯著我看。然後靜靜地搖頭。我不滑雪。只要這樣一面賞雪一面看書就好了，他說。他的話像漫畫上的對白方框一樣在空中化為白雲。我名副其實真的可以憑自己的眼睛看到他說的話。他輕輕摩擦浮在手指上的霜並拂掉。

不知道接下來該說什麼才好，我臉紅起來，一直靜靜地站在那裡。冰男看著我的眼睛。看得出他似乎極輕微地笑了一下。不過我不太清楚。冰男真的微笑了嗎？或者只是我這樣覺得而已。妳要不要坐下來？冰男說。我們談一談吧。妳是不是對我感興趣？想知道所謂冰男是什麼樣的東西吧？然後他只輕輕笑了一下。沒關係，妳不用擔心。跟我說話是不會感冒的。

就這樣我跟冰男談起話來。我們在門廳角落的沙發上並排坐下，一面眺望窗外飛舞的雪花一面小心客氣地談著。我點了熱可可喝。冰男什麼也沒喝。冰男好像也不比我強，跟我一樣不太擅長說話的樣子。而且我們又沒有共通的話題。我們首先談了天氣。然後談到飯店住得舒不舒服。你是一個人到這裡來的嗎？我問冰男。是啊，冰男回答。冰男問我喜歡滑雪嗎？我回答不怎麼喜歡。我說因為我的朋友們一直邀我一定要一起來所以我才來的，其實我幾乎不會滑。我非常想知道所謂冰男是怎麼樣的？身體真的是用冰做的嗎？平常都吃些什麼東西？夏天在什麼地方生活？有沒有家人——這一類的事。但冰男並不主動談自己。我也不敢問。我想冰男可能不太想談這種事吧。

代替的是，冰男談到我。真是難以相信，但冰男不知道為什麼對我的事竟然知道得非常詳細。比方我的家庭成員、我的年齡、我的興趣、我的健康狀況、我讀的學校、我所交的朋友等，他無所不知。連我早已忘掉的老早以前的事，他都知道得一清二楚。

我真不明白，我臉紅地說。我覺得自己好像在別人面前脫光了衣服似的。為什麼你這麼清楚我的事呢？我問。你能讀別人的心嗎？

不，我無法讀別人的心。不過我知道，就是知道，冰男說。就像一直注視冰的深處一樣。這樣一直盯著妳看時，就可以清楚地看見妳的事情。

可以看見我的未來嗎？我試著問。

未來看不見，冰男面無表情地說。並且慢慢地搖頭。我對未來這東西完全不感興趣。正確地說，我沒有所謂未來這個概念。因為冰是沒有未來這東西的。這裡只有過去被牢牢地封在裡面而已。一切的東西簡直就像活生生鮮明地被封在裡面。冰這東西是可以把各種東西這樣子保存起來的。非常清潔、非常清晰。原樣不變地。這是所謂冰的任務，也是本質。

太好了，我說。並微微一笑。我聽了之後放下心來。因為我才不想知道自己的未來呢。

我們回東京之後又見了幾次面，終於變成每逢週末都約會了。但我們既不去看電影，也不去喝咖啡，連吃飯都不吃。因為冰男幾乎是不吃所謂食物這東西的。我們兩個人每次都在公園長椅上坐下來，談各種事情。我們真的談了很多話。但冰男老是不談自己。為什麼呢？我試著問他。為什麼你不談自己的事呢？我想多知道你一些，你生在什麼地方？雙親是什麼樣的人？經過什麼樣的過程才變成冰男的？冰男看了一會兒我的臉。然後慢慢地搖頭。我不知道啊。冰男安靜地以凜然的聲音說。並且朝空中吐出僵硬的白氣。我沒有所謂的過去。我知道所有的過去，保存一切的過去。但我自己卻沒有所謂的過去。我既不知道自己生在哪裡，也不知道雙親的面貌。連是不是真的有雙親都不知道。連自己的年齡也不知道。連自己是不是真的有年齡都不知道。

冰男彷彿黑暗中的冰山般孤獨。

而我則認真地愛上了這樣的冰男。冰男不管過去不管未來，只愛著現在的這個我。而我也愛著沒有過去沒有未來只有現在的這個冰男。我覺得這真的非常美妙。而且我們甚至開始談到結婚了。我剛剛滿二十歲。而冰男則是我有生以來認真喜歡的第一個對象。所謂愛冰男這件事到底意味著什麼？當時我連想都沒想到。不過假定就算對象不是冰男，我想我還是一樣會什麼都不知道吧。

母親和姊姊強烈反對我和冰男結婚。妳結婚還太年輕，她們說。首先連對方正確的本性都不知道對嗎？妳不是連他什麼時候在什麼地方生的都不知道嗎？我們實在對親戚說不出口，說妳居然要跟這樣的對象結婚。而且妳呀，對方是冰男，萬一融化了妳怎麼辦呢？她們說。妳大概不明白，所謂結婚是必須確實負責的噢。冰男到底會不會負起做丈夫的責任呢？

不過不必擔心這些。冰男並不是用冰做成的。冰男只是像冰一樣冷而已。所以如果身旁變溫暖了，也不會因此而融化。那冷確實像冰。但那肉體和冰不同。雖然確實很冷，卻不是會奪取別人體溫的那種冷。

於是我們結婚了。那是沒有人祝福的婚姻。朋友、父母親、姊妹，誰都沒有為我們的結婚而高興。連結婚典禮也沒舉行。要辦戶籍，冰男連個戶籍也沒有。只有我們兩個人，決定自己已經結婚了而已。我們買了一個小蛋糕來，兩個人把它吃了。那就是我們小小的婚禮。我們租了一間小公寓，冰男為了生活而到保管儲藏牛肉的冷凍庫去工作。無論如何他總是比較耐得住寒冷的，不管怎麼勞動都不會感覺疲倦。連食物都不太吃。所以雇主非常喜歡冰男。而且給他比別人優厚的酬勞。沒有人妨礙我們，我們也不妨礙任何人，只有兩個人靜悄悄地過著幸福的日子。

冰男擁抱我時，我會想到在某個地方應該靜悄悄地存在著的冰塊。我想冰男大概知道那冰塊存在的地方吧。堅硬的，凍得無比堅硬的冰。那是全世界最大的冰塊。但那卻在某個非常遙遠的地方。他將那冰的記憶傳達給這個世界。剛開始，冰男抱我時，我還感覺猶豫。但不久後我就習慣了。我甚至變得愛被他抱了。他依然完全不談自己的事。也不提他為什麼會變成冰男的。我也什麼都沒問。我們在黑暗中互相擁抱，沈默地共有那巨大的冰。那冰中依然清潔地封存著長達幾億年的全世界所有的過去。

我們的結婚生活沒有什麼成問題的問題。我們深深相愛著，也沒有什麼妨礙我們的東西。周圍的人似乎不太能適應冰男的存在，但隨著時間的過去，他們也逐漸開始跟冰男說起話來了。他們開始說，其實所謂冰男跟普通人並沒有多大的不同啊。不過當然他們心底下並沒有接受冰男，同樣的也沒有接受和他結婚的我。我們和他們是不同種類的人，不管時間經過多久，那鴻溝都無法填平。

我們之間老是生不出小孩。也許人和冰男之間遺傳因子或什麼很難結合也未可知。但不管怎麼樣，也許沒有小孩也有關係，不久之後我的時間就變得太多而難以打發了。早晨我手腳俐落地把家事做完之後，就再也沒有其他事可做了。我既沒有可以聊天，或一起出去閒逛的朋友，也沒有交往的鄰居。我母親和姊妹因為我和冰男結婚還在生我的氣，不跟我說話。她們認為我是全家的羞恥。我連打電話的對象都沒有。冰男去倉庫做工時，我一直一個人在家，看看書聽聽音樂。以我的個性來說與其出去外面，不如比較喜歡留在家裡，一個人獨處也不覺得特別難過。不過話雖這麼說，但我畢竟還年輕，那種沒有任何變化的日子每天重複過下去終於也開始覺得痛苦了。令我覺得痛苦的不是無聊。我所不能忍受的是那重複性。在那重複之中，我開始覺得連自己都像是被重複的影子一樣了。

於是有一天我向丈夫提議。為了轉換心情，兩個人到什麼地方去旅行好嗎？旅行？冰男說。他瞇細了眼睛看我。到底為什麼要去旅行呢？妳跟我一起住在這裡不快樂嗎？

不是這樣，我說。我很快樂啊。我們之間沒有任何問題喲。不過，我很無聊。想到遙遠的地方去，看一看沒看過的東西。吸吸看沒吸過的空氣。你瞭解嗎？而且我們也沒有去過蜜月旅行。我們已經有了儲蓄，而且還有很多休假沒用掉。是應該可以去悠閒旅行的時候了。

冰男深深地嘆了一口像要凍僵的氣。嘆息在空中咔啷一聲變成冰的結晶。他結了霜的修長手指交握在膝上。說的也是，如果妳那麼想去旅行的話，我並不反對。雖然我並不覺得旅行是那麼好的事，但只要妳能覺得快樂的話，我做什麼都行，到哪裡都可以。我想冷凍倉庫的工作只要想休息就可以休息。因為到現在為止一直那樣拚命努力地工作。我想沒有任何問題。不過妳想去什麼地方呢？比方說？

南極怎麼樣？我說。我選擇南極，是想如果是寒冷地方的話，冰男大概會有興趣吧。而且老實說，從很久以前我就很想去一次南極看看的。我想看看極光，也想看看企鵝。我想像自己穿著有帽子的毛皮大衣，在極光下，和成群的企鵝玩耍的情景。

我這樣說時，丈夫冰男便一直注視我的眼睛。連眨都不眨一下眼地一直盯著我。就像尖銳的冰柱一樣，穿透我的眼睛直通到腦後去。他沈默地沈思一會兒。終於以僵僵硬硬的聲音說好啊。好啊，如果妳這樣希望的話，我們就去南極吧。妳真的覺得這樣好嗎？

我點頭。

我想兩星期後我也可以請長假了。在那期間旅行的準備應該來得及吧。這樣真的沒關係嗎？

但我無法立刻回答。因為冰男那冰柱的視線實在凝視我太久太緊了，使我的頭腦變得冰冷麻痺。

但隨著時間的過去，我開始後悔不該向丈夫提出南極之行。不知道為什麼我覺得自從我口中說出「南極」這字眼以來，丈夫心中好像已經起了什麼變化。丈夫的眼睛變得比以前更像冰柱般尖銳，丈夫的吐氣變得比以前更白，丈夫的手指結了比以前更厚的霜。他好像變得比以前更沈默寡言，更頑固了似的。他現在已經變成完全不吃任何東西了。這使我非常不安。出發旅行的前五天，我鼓起勇氣向丈夫提議。還是別去南極好嗎？我說。想一想南極畢竟太冷，也許對身體不好。我覺得還是去普通一點的地方比較好。去歐洲好嗎？到西班牙一帶放輕鬆吧。喝喝葡萄酒，吃吃西班牙海鮮飯，看看鬥牛。但丈夫不答應。他注視著遠方一會兒。然後看我的臉。深深注視我的眼睛。那視線實在太深了，甚至讓我覺得自己的肉體好像就要那樣消失掉了似的。不，我並不想去西班牙，丈夫冰男斷然地說。雖然覺得抱歉，但西班牙對我來說太熱了，灰塵太多了。食物也太辣。而且我已經買好兩人份到南極去的機票。也為妳買了毛皮大衣，附有毛皮的靴子。這一切不能白白浪費呀。事到如今已經不能不去了。

老實說我很害怕。我預感去到南極我們身上可能會發生無法挽回的事。我做了好幾次又好幾次的惡夢。每次都是同樣的夢。我正在散步，卻掉進地面洞開的深穴裡去，沒有人發現，就那樣凍僵了。我被封閉在冰中，一直望著空中。我有意識。但連一根手指都動彈不得。那種感覺非常奇怪。知道自己正一刻一刻地化為過去。我沒有所謂未來。只有過去不斷地累積重疊下去而已。而且大家都在注視著這樣的我。他們在看著過去。我是朝向後方繼續過去的光景。

然後我醒來。冰男睡在我旁邊。他不發一聲鼻息地睡著。簡直像死掉冰凍了似的。但我愛著冰男。我哭了。我的眼淚滴落在他臉頰上。於是他醒過來擁抱我的身體。我做惡夢了，我說。他在黑暗中慢慢地搖頭。那只是夢啊，他說。夢是從過去來的東西。不是從未來來的。那不會束縛妳。是妳束縛著夢，明白嗎？

嗯，我說。但我沒有確實的信心。

結果我和丈夫終於上了往南極的飛機。因為無論如何都找不到取消旅行的理由。往南極飛機的飛行員和空中小姐全都非常寡言。我想看窗外的風景，但雲層很厚什麼都看不見。不久之後窗子上便結了一層厚厚的冰。丈夫在這期間一直默默地看著書。我心中並沒有現在要去旅行的興奮和喜悅。只是在做著一旦決定的事只好確實去做而已。

從飛機扶梯下來，腳接觸到南極的大地時，我感覺到丈夫的身體巨大地搖晃一下。那比一瞬間還短，只有一瞬間的一半左右，因此沒有任何人注意到。丈夫的臉絲毫沒露出一點變化，但我卻沒有看漏。丈夫體內，有什麼強烈而安靜的搖晃。我一直注視著丈夫的側臉。他在那裡站定下來，眺望天空，望望自己的手，並大口吐著氣。然後看我的臉，微笑起來。這就是妳所期望的土地嗎？他說。是啊，我說。

雖然早有某種程度的預料，但南極卻是個超越一切預想的寂寞土地。那裡幾乎沒有什麼人住。只有唯一的一個沒有特徵的小村子。村子裡也同樣的只有一家沒有特徵的小飯店。南極並不是觀光地。那裡甚至連企鵝的影子都沒有。連極光都看不見。我偶爾試著問路過的人，要到什麼地方才能看見企鵝。但人們只是沈默地搖頭而已。他們無法理解我的語言。因此我試著在紙上畫出企鵝的圖。即使這樣，他們還是沈默地搖頭而已。我好孤獨。走出村外一步，除了冰就沒有別的了。既沒有書、沒有花、沒有河，也沒有水池。到任何地方，都只有冰而已。一望無際永無止境，所到之處盡是冰之荒野的無限延伸。

然而丈夫一面口吐著白氣、手指結著霜，以冰柱般的眼睛凝視著遠方，一面毫不厭倦、精力充沛地從各種地方走到各種地方。而且立刻記住各種語言，和村子的人以冰般堅硬的聲響互相對話。他們以認真的表情一連交談好幾小時。但我完全無法理解他們到底在那樣熱心地談著什麼。丈夫完全著迷於這個地方了。這裡有吸引丈夫的什麼存在著。剛開始我覺得非常生氣。感覺好像只有我自己一個人被遺棄了似的。我感覺好像被丈夫背叛了，忽視了似的。

於是，我終於在被厚冰團團圍繞的沈默世界裡，喪失了一切的力氣。一點一點逐漸地。而且終於連生氣的力氣也喪失了。我感覺的羅盤針般的東西似乎已經遺失在什麼地方。我迷失了方向，失去了時間，失去了自己這存在的重量。我不知道這是什麼時候開始什麼時候結束的。但一留神時，我已經一個人無感覺地被封閉在冰的世界中，在喪失所謂色彩的永遠冬季之中了。即使已經喪失了絕大部分的感覺，只有這一點我仍然很清楚。在南極的這個我的丈夫已經不是以前的我的丈夫了。並不是說有什麼地方不同。他和過去一樣依然很體貼我，對我溫柔地說話。而且我也很明白那是他發自真心的話。不過我還是知道。冰男已經和我在滑雪場的飯店所遇見的那個冰男不一樣了。但我卻無法向誰投訴這件事。南極的人都對他懷有好感，而我說的話他們一句也聽不懂。大家都吐著白氣，臉上結著霜，以硬梆梆的南極語開著玩笑、高談闊論、唱著歌。我一直一個人窩在飯店的房間裡，眺望著往後幾個月可能都無望放晴的灰色天空，學習著非常麻煩的（而且我不可能記得住的）南極語文法。

飛機場已經沒有飛機了。載我們來的飛機很快便飛走之後，已經沒有一架飛機在那裡著陸。而飛機滑行跑道終於被埋在堅硬的厚冰之下。就像我的心一樣。

冬天來了，丈夫說。非常漫長的冬天。飛機不會來，船也不會來，一切的一切都會凍結成冰。看來我們好像只能等春天來了，他說。

發現自己懷孕是在來到南極三個月左右的時候。我很明白，自己即將生產的小孩會是小冰男。我的子宮凍僵、羊水中混合著薄冰。我可以感覺得到自己肚子裡的那種冷。我很明白。那孩子將和父親一樣應該會擁有冰柱般的眼睛，手指上會結著一層霜。而且我也很明白，我們這新的一家人將永遠不會再離開南極。永遠的過去，那毫無辦法的重量，將緊緊地絆住我們的腳。而我們已經再也無法掙脫它了。

現在我幾乎已經沒留下所謂心這東西了。我的溫暖已經極其遙遠地離我而去。有時候我甚至已經忘記那溫暖了。但總算還會哭。我真的是孤伶伶的一個人。置身在全世界中比誰都孤獨而寒冷的地方。我一哭，冰男就吻我的臉頰。於是我的眼淚便化成冰。於是他把那淚的冰拿在手中，把它放在舌頭上。嘿，我愛妳喲，他說。這不是謊言。我很明白。冰男是愛我的。但不知從何方吹進來的風，把他凍成白色的話吹往過去再過去而去。我哭。化為冰的眼淚嘩啦嘩啦地繼續流著。在遙遠的冰凍的南極冰冷的家中。

東尼瀧谷

東尼瀧谷的本名真的就是東尼瀧谷。

他因為那名字（戶籍上的名字當然也是瀧谷東尼），和輪廓有些深的臉，和天生鬈髮的關係，小時候經常被誤認為混血兒。因為在戰後不久的時候，社會上有不少混有一半美國大兵血統的孩子。但實際上，他父親和母親都是純粹的日本人。他父親叫做瀧谷省三郎，從戰前開始就是小有名氣的爵士樂伸縮喇叭號手。但在太平洋戰爭爆發的四年前左右，由於捲進女人的麻煩事件而不得不離開東京，他想反正要離開的話，乾脆只帶一件樂器便渡海到中國去。當時從長崎搭船只要一天就到上海了。他在東京和在日本，都沒擁有任何失去了會覺得心疼的東西。因此也就沒什麼可留戀的。而且說起來當時上海這個都會所提供的矯作的俗艷似乎很適合他的個性。站在正溯著揚子江前進的船甲板上，從目睹浴著晨光閃耀的上海優美街容的那一瞬間開始，瀧谷省三郎已經立刻喜歡上這個城市了。看起來那晨光好像在對他承諾著某種非常光明的東西似的。他當時是二十一歲。

因為這樣的緣故，從中日戰爭、偷襲珍珠港、到投下原子彈這戰亂激盪的時代，他都在上海的夜總會輕鬆地吹著伸縮喇叭度過。戰爭在與他完全無關的地方進行著。換句話說，瀧谷省三郎可以說是個對歷史毫無所謂意識或省察之類的人。只要能吹吹伸縮喇叭、一天三餐勉強能餬口、身邊有幾個女人，其他的東西他並不奢求。

大多的人都喜歡他。年輕帥氣，何況演奏技巧又高明，不管到哪兒都像下雪天的烏鴉般醒目。他也跟數不清的女人睡過。從日本人、中國人到白俄人，從妓女到有夫之婦，從美女到非美女，他幾乎是隨處和遇到的女人上床。瀧谷省三郎甚至以那徹底甜美的伸縮喇叭音色，和那巨大而活躍的陰莖，而登上當時上海的名人榜。

他同時也擁有——本人倒沒有特別意識到——交「有用」朋友的天賦。他和陸軍高官、中國富商、和其他各種以來路不明方法從戰爭撈到莫大利益而發跡的傢伙交往親密。其中不少是經常外套裡暗藏手槍，從建築物走出外面時，首先都會快速瞥一眼馬路左右的那種人，奇怪的是瀧谷省三郎卻和他們氣味相投。而且他們也特別疼愛他。發生什麼問題時，他們會迅速地給瀧谷省三郎方便。對那個時代的瀧谷省三郎來說，人生實在是輕而易舉的事。

然而這種無懈可擊的能力有時也會出現負面的結果。戰爭結束後，他由於曾和各種可疑份子交遊而被中國軍方盯上，被關進監獄很長一段時間。許多同樣被關入監獄的人根本沒受到什麼審判就片面地被處決，有一天沒有任何前兆地就被拖出監獄中庭用自動手槍射擊頭部。行刑總是在下午兩點舉行。啉地一聲堅硬而壓縮的自動手槍槍聲響徹監獄中庭。

這對瀧谷省三郎來說是人生中最大的危機。在那裡生死之間，名副其實只隔一根頭髮的間隙。死本身並不那麼可怕。只是頭被射穿，就完了。痛苦也只不過在短短一瞬間便結束了。過去我已經隨心所欲地活過來，也跟相當多的女人睡過。美味的東西吃夠了，各種好事也都遇過了。對人生並沒有什麼遺憾。就算在這裡被殺，也沒什麼可抱怨的。在這戰爭中日本人已經死了幾百萬人。還有更多人死得更慘。他這樣覺悟了，便獨自悠哉地在單人牢房中一面吹著口哨一面度過時間。日復一日，眺望著飄過小鐵窗外的雲的模樣，望著滿是污漬的牆壁，腦子裡一一浮現過去睡過女人的臉和身體。但結果，瀧谷省三郎卻是能由那個監獄活著回到日本的僅有兩個日本人中的一個。

瀧谷省三郎消瘦憔悴孑然一身地回到日本，是在昭和二十一年的春天。回來一看，東京老家已經在前一年三月的東京大空襲時燒毀。父母親就在那時候死了。唯一的哥哥則在緬甸戰線上至今仍行蹤不明。換句話說瀧谷省三郎已經完全變成天涯孤獨之身了。但他對這並不特別感到悲哀或難過，也沒有特別受到打擊。當然類似失落感是有的。不過不管走的是什麼路，人終究會變成孤獨一個人的。他那時候三十歲。並不是變成孤獨一個人而能向誰抱怨的年齡。只覺得一下子老了幾歲，但也只有這樣而已。除此之外並沒有湧出什麼特別的感情。

對，瀧谷省三郎不管怎麼樣總算順利地活下來了，既然活下來了，往後也不得不動腦筋繼續活下去。

因為其他的工作他也不會做，於是找了以前的朋友組成一個小爵士樂隊，開始到美軍基地巡迴演奏。其間並因他天生個性隨和，而與喜歡爵士樂的美軍少校結成朋友。少校是紐澤西出身的義大利裔美國人，本身單簧管也吹得相當好，在補給美軍物資的相關部門工作，因此有喜歡的唱片就可以盡量從本國訂購寄來。閒暇時兩個人經常一起演奏。瀧谷省三郎到少校的宿舍去一面喝啤酒，一面聽Bobby Hackett、Jack Teagarden、Benny Goodman等，快樂的爵士唱片，拚命模仿他們的樂句。少校還為他調度了許多當時極難到手的食物、牛奶、酒之類的。瀧谷省三郎回想起來，也覺得那真是個不錯的年代。

他在昭和二十二年（一九四七年）結婚。對方是母親這邊的遠房親戚。有一天走在街上忽然遇到她，一面喝茶一面打聽親戚的消息，談談過去的事情。然後兩個人便開始來往，終於不知道為什麼——推測大概是因為她懷孕了吧——就住在一起了。

至少這是東尼瀧谷從他父親口中聽來的。瀧谷省三郎有多愛妻子，東尼瀧谷並不知道。她是一位美麗文靜的女孩子，身體不太強壯，父親說。

結婚第二年生下男孩。孩子出生三天後母親就死了。她轉眼間就死了，轉眼間就燒掉了。非常安靜的死法。沒有任何糾葛，也沒有什麼痛苦的樣子，便咻一下消失般地死去。好像有人繞到背後悄悄把電源開關關掉一樣。

瀧谷省三郎自己都不知道該對這到底怎麼感覺才好。他對這種感情很不懂。只覺得好像有什麼平板的，像圓盤似的東西整個塞進胸裡去似的。但那到底是什麼樣的物體，為什麼會在那裡，他則完全無法理解。只是那物體一直在那裡，阻止他再多深入思考。因此，瀧谷省三郎大約有一星期之間，幾乎不想任何事情地過去。甚至連小孩還一直寄放在醫院裡的事他都沒想起來。

少校像親人般照顧安慰這樣的他。兩個人每天都在基地的酒吧喝酒。嘿，你要振作點才行噢，不管怎麼樣，孩子總要好好扶養啊，少校認真地激勵他。他不知道少校到底在說什麼，但他默默點頭。他對對方的好意倒是可以理解。然後少校好像忽然想起來似的，提出如果不嫌棄的話，自己倒願意當這孩子的命名父親。對了，仔細想想，瀧谷省三郎連孩子的名字都還沒取呢。

少校說就以自己的名字東尼給這孩子命名。雖然東尼這名字怎麼想都不適合當日本小孩的名字，不過那是不是合適的名字這疑問，似乎連一瞬間也不曾浮現在少校的腦子裡過。瀧谷省三郎回到家後把「瀧谷東尼」這名字寫在紙上貼在牆上，看了幾天。瀧谷東尼，不壞呀，瀧谷省三郎想。往後美國的時代還會繼續一陣子吧。給孩子取美國味的名字或許有什麼方便也說不定。

但由於取了那樣的名字，卻在學校被當做混血兒嘲笑，他一報出自己名字時，對方臉色總是怪怪的，甚至有點厭惡的樣子。很多人把那當惡作劇來看，其中甚至有人因此而生氣的。

東尼瀧谷也因為這個關係，而完全變成一個經常封閉自己的少年，也沒有像朋友的朋友，不過他並不以這為苦。一個人獨處，對他來說是極自然的事，甚至可以說是人生的某種前提。自從他懂事以來，父親就經常率著樂團四處去旅行演奏。小時候還有上班的女傭來照顧他，上了小學高年級之後，他已經什麼都會一個人打理了。一個人做飯、一個人關門、一個人睡覺。並不特別感覺寂寞。與其有人為他費心做東做西，不如他自己做來得輕鬆。自從妻子死後，瀧谷省三郎不知道為什麼並沒有再婚。當然他依然繼續交了不少女朋友，但他從來沒有一次把其中的任何一個帶回家過。他也和兒子一樣似乎習慣一個人過下去。父親和兒子的關係，並不像從那樣的生活想像到的那麼疏遠。但因為兩個人同樣都是深深適應孤獨這習慣的人，因此兩個人都不會主動敞開自己的心。也沒特別感覺到有這樣做的必要。瀧谷省三郎不是一個適合當爸爸的人，東尼瀧谷也不是個適合做兒子的人。

東尼瀧谷喜歡畫畫，每天一個人窩在房間裡光畫著畫。尤其喜歡畫機器。把鉛筆尖端削得像針一般尖，他擅長詳細清晰地畫出腳踏車、收音機、引擎等，這類東西的細部。畫花時，他連葉脈都一根一根細微地描繪。不管別人怎麼說，他都只能以這樣的畫法來畫。他的學科成績並不特別出色，但只有畫圖、美術成績經常都好得拔尖。只要有比賽大多能拿到一等獎。

因此，他高中畢業後進入美術大學（從上大學那年開始，父子兩人並沒有特別由誰提出而是像理所當然地就分開來住了），成為插畫家也是順其自然的結果。實際上也沒有必要考慮其他的可能性。他身邊的青年們正在煩惱、摸索、苦悶的時候，他卻什麼也不想地默默繼續畫著精密的機械式圖畫。那是年輕人正在切實地以暴力反抗權威和體制的時代，因此在他周圍幾乎沒有人能欣賞他所畫的極寫實的畫。美術大學的老師們看了他的畫便苦笑。同班同學們批評那沒有思想性。但東尼瀧谷對同學們畫的「有思想」的畫則完全不能理解那價值何在。以他的眼睛看來，那些只是不成熟、醜陋，而不正確而已。

不過一旦大學畢業後，情況則完全改觀。幸虧託那極實戰的技術，和現實需要的福，東尼瀧谷從一開始找工作就很順利。因為沒有一個人能像他這樣翔實地描繪出複雜的機械和建築物。大家異口同聲地說：「比看實物更具有真實感。」他所描繪的畫比照相更正確，比任何詳盡的說明文字更容易理解。他轉眼間就成為當紅的插畫家。從汽車雜誌的封面畫，到廣告插畫，有關機械畫的工作他什麼都接。工作既愉快，收入又高。

在那之間瀧谷省三郎繼續悠哉地吹著伸縮喇叭。進入摩登爵士的時代，然後自由爵士的時代，再變成電子爵士的時代後，瀧谷省三郎依然繼續演奏他從前的爵士。雖然不是一流的演奏家，但也相當有名氣，經常還是有些工作可做。有美味的東西可吃，也從來不缺女人。如果從有沒有不滿的觀點來看人生的話，這可以說是上好的人生了。

東尼瀧谷只要一有時間就工作，又沒有特別花錢的興趣，因此到了三十五歲時已經成為一個小有積蓄的資產家。他在別人建議之下在世田谷區買了大房子，也擁有幾棟出租用的公寓。會計師為他打理全部理財工作。

東尼瀧谷曾經和幾個女孩子交往過。年輕時候也曾同居過，雖然期間很短。但從來沒有考慮過要結婚。他沒有特別感覺到結婚的必要性。做飯、打掃和洗衣服全部都自己做，工作忙的時候只要叫鐘點女傭就行了。他從來不曾想過要小孩。他也沒有可以商量什麼或坦白談心事的親近朋友。連一起喝酒的對象都沒有。話雖這麼說，但他絕對不是個褊狹的人。就算他沒有父親那麼親切溫和，但日常生活上他是可以極普通地和周圍的人交往的。他不神氣，也不驕傲。既不為自己辯護，也不說別人的壞話。與其談自己，不如喜歡聽別人說話。因此周圍大多的人都喜歡他。但他無論如何都無法和別人結成超越現實層面的人際關係。他和父親只在有什麼事時才兩年或三年見一次面而已。就算見了面，事情辦完後，兩個人之間就沒什麼特別的話可說了。東尼瀧谷的人生依然如昔安靜而緩慢地過著。他想，我往後可能也不會結婚吧。

但有一次，東尼瀧谷忽然墜入情網。對方是來他的辦公室拿插畫原稿的出版社打工的女孩子。年齡二十二歲。她在他的辦公室時，一直安安靜靜面帶微笑。容貌感覺相當好的女孩，但並不特別漂亮。只是她擁有某種強烈打動他心的東西。他從看見她的第一眼開始胸口就被塞滿了，變得無法順暢呼吸。他自己也不明白，她身上到底有什麼那樣強烈地打動他呢？就算知道，那也不是語言所能說明的那種東西。

然後他的注意力被那女孩的穿著所吸引。他以前對服裝是不感興趣的，也不是會一一注意女人穿著的那種人。但那女孩子看起來很舒服的穿衣服樣子，竟然令他感到非常佩服，甚至可以說是感動的地步。光是很會穿衣服的女人倒很多。為了炫耀而裝飾的女人就更多。但她和那些女人卻完全不同。她簡直像要飛往遙遠世界去的鳥，身上乘著特別的風一般，非常自然非常優美地穿上衣服。衣服也由於被她穿上身，而顯得像獲得了新的生命似的。

她說一聲「謝謝」把原稿接過去然後回去之後，他有一會兒還開不了口。黃昏降臨，一直到房間變成完全漆黑為止，他什麼都沒做，只是呆呆地坐在書桌前面。

第二天他打電話到出版社，勉強捏造了一個理由讓她不得不再來一次辦公室。並在辦完那件事之後邀她共進午餐。兩個人一面用餐一面聊天。雖然年齡相差十五歲之多，但很不可思議的是兩個人居然很談得來。不管談什麼，都很投合。這種經驗對他和她來說都是第一次。她剛開始也很緊張，但漸漸放鬆下來，變成常常笑，話也多了起來。妳穿衣服的搭配方式看起來總是那麼漂亮，東尼瀧谷在臨分手時讚美她。我喜歡衣服，她有點害羞似地微笑著說。所以薪水的大部分都花在衣服上了。

然後兩個人約會了幾次。並沒有特別去什麼地方，兩個人只是到某個安靜的地方坐下來一直談話。談彼此的出身、談工作、談對各種事情的看法、感覺。他們可以不厭倦地繼續一直談下去。兩個人簡直像要填滿空白似的繼續談。而在第五次見面時，他提出結婚的請求。但她有一個從高中時代就一直交往的男朋友。雖然隨著年月的經過，兩個人的關係已經有一點不合，現在每次見面就會吵架，倒是和東尼瀧谷在一起時比較快樂。但也不能因為這樣就立刻和那位男朋友切斷關係。她自然也有她的想法。而且東尼瀧谷和女孩子之間相差十五歲之多。她還年輕，缺乏人生經驗。這十五歲的年齡差距往後會有什麼樣的結果，實在難以預料。她說希望能讓她考慮一下。

在她考慮的期間，東尼瀧谷每天獨自喝著酒。工作都放了下來。孤獨突然變成重壓壓迫著他，使他感到苦悶。孤獨就像牢獄一樣，他想。只是我過去沒留意到而已。他以絕望的眼光繼續望著包圍著自己的牆壁的那種厚和冷。如果她說不想結婚的話，我可能會就這樣死去也不一定。

他跟女孩子見面，把這件事向她確實說明。到現在為止自己的人生是多麼孤獨，失去了多少東西。而且是她使自己發現了這個事實。

她是個頭腦很好的女孩。她喜歡上東尼瀧谷這個人。從一開始就懷有好感，越見面越喜歡。她不知道這是不是應該叫做愛。但她感覺到他心中有某種美好的東西。能跟這個人在一起的話，自己應該會幸福吧，她想。於是兩個人結婚了。

東尼瀧谷人生的孤獨時期結束了。早晨一醒來，他首先就會尋找她的蹤影。看得見自己身旁有她正睡著的身姿就放下心。看不見她的身影時，就會不安地在整個屋子裡到處找。不孤獨這回事，對他來說是有點奇怪的狀況。由於不再孤獨了，而使他被再度變孤獨的話該怎麼辦的恐怖所糾纏。偶爾想到這個，他就會害怕得冷汗直流。這種恐怖在婚後繼續了三個月，但隨著逐漸習慣新的生活，她突然消失的可能性降低之後，也逐漸變淡。他終於能夠鎮定下來，開始沐浴在安穩的幸福中了。

兩個人曾經去聽過一次瀧谷省三郎演奏。因為她想知道自己的公公到底演奏什麼樣的音樂。我們去聽，你父親會在意嗎？她問。應該不會在意吧，他回答。於是兩個人便到瀧谷省三郎演奏的銀座俱樂部去。除了小時候之外，東尼瀧谷這還是第一次去聽父親的演奏。瀧谷省三郎演奏著和以前完全相同種類的音樂。盡是一些他從小就經常從唱片上聽到的曲子。父親吹得非常圓潤，優雅而甜美。那不是藝術。但那是經由一流的職業高手巧妙吹奏出的，能帶給聽眾舒適心情的音樂。東尼瀧谷很難得地喝了幾杯酒，側耳傾聽著那音樂。

但聽了一會兒之後，就像細管子裡安靜而確實地逐漸積存了雜質一般，那音樂中有什麼令他呼吸困難，渾身不舒服。他感覺那音樂和東尼瀧谷記憶中過去父親的音樂似乎有些不同。當然那是非常久遠以前的事了，何況是小孩子的耳朵。但他覺得那種不同是很重要的。或許只是些微的不同，卻很重要。他想走上舞台抓住父親的手腕，試著問，爸爸，到底有什麼不同呢？當然他沒有這樣做。他什麼也沒說，一面喝著對冰水的威士忌，一面聽父親在舞台上演奏到最後，並和妻子一起鼓掌後才回家。

兩個人的結婚生活中沒有投下任何陰影。他的工作依然順利，兩個人從來沒有吵過一次架。經常一起去散步、看電影、旅行。以那樣的年齡她算是相當能幹的主婦，凡事都懂得所謂的節度分寸。勤快地料理好家事，不讓丈夫多操一點心。只有一件事使東尼瀧谷在意的，那就是妻子實在買太多衣服了。只要眼睛一看到衣服，她可以說就會完全失去控制。一瞬間臉上表情就變了，連聲音都變了。剛開始還以為是她身體忽然變不舒服了。雖然從婚前就看到這種傾向，但真正變得嚴重則是從蜜月旅行到歐洲去的時候開始。總之她在那次旅行中搜購了數量驚人的衣服。在米蘭和巴黎時，她從早到晚像著了魔似地逛服裝名店。兩個人沒有到任何地方觀光，連米蘭大教堂和巴黎羅浮宮都沒去。那次旅行他只留下服裝店的記憶。VALENTINO、MISSONI、Yves Saint Laurent、GIVENCHY、

FERRAGAMO、ARMANI、CERRUTI、GIANFRANCO FERRE……，她只以著了魔的眼光一一搜購，他則一直跟在後面付帳。甚至擔心信用卡的刻紋會不會因此磨平。

回到日本以後，這種狂熱依然沒有收斂。她每天每天都繼續買衣服。衣服的數量急速增加。他不得不訂購了幾個大衣櫥。收藏皮鞋的櫃子也特別訂做。這樣還不夠，房間不得不整個改裝成服裝間。反正房子很大，有多的房間。而且也不缺錢。何況妻子又非常懂得穿著。只要有新衣服穿，她似乎就很快樂的樣子。所以他想不要抱怨。沒關係吧，這個世界沒有完美的人哪。

但當妻子的衣服數量多得連一個房間都收藏不完時，他畢竟還是不安起來了。有一次在妻子不在家時，他試著算了一下那衣服的數量。據他的計算，就算一天換兩次衣服，要全部穿完這些衣服必須花接近兩年的時間。再怎麼說這數量都太多了。不能不適可而止了。

有一天，吃過晚飯之後，他鼓起勇氣提出來。說衣服少買一點好嗎？我並不是只考慮到錢的問題。有必要的東西盡量買沒關係，妳打扮得漂亮我也很高興，但是這麼多昂貴的衣服真的有必要嗎？

妻子低頭想了一下。然後這樣說。我想你說的有道理，衣服這麼多並不必要，這點我也很明白喲，不過明白歸明白，我還是沒辦法，她說。眼裡一看見有漂亮衣服，我就會忍不住要買。必要不必要，數量是多是少，已經不是問題了。我只是單純的無法停止購買而已，就像上了什麼癮一樣。

不過她還是答應會想辦法脫離這種情況。因為如果再繼續這樣下去，現在的房子將被衣服填滿。有一星期左右她眼睛不去看新衣服，只一直躲在家裡不出門。但這麼一來，竟然覺得自己好像變成空空的了。像走在空氣稀薄的星球上似的。每天走進服裝間，手摸著、眼睛看著自己一件又一件的衣服過日子。她一一撫摸那些質料，聞那氣味，站在鏡子前一一試穿看看。怎麼看都看不膩。而且越看就越想要新衣服。一想要之後就無法忍受了。

我只不過是單純的單純的無法忍受。

但她深愛丈夫，也尊敬他。她覺得丈夫說的確實有道理。這麼多衣服是不必要的。身體只有一個。她打電話到經常光顧的服裝店去，問店長十天前剛買還沒穿過的大衣和洋裝能不能退還。對方說沒問題，只要拿來我們就收回。她是最重要的大顧客，這一點通融是可以的。她把那大衣和洋裝放在車裡開到青山去。並到服裝店退還那衣服，請他們取消信用卡的扣款。她道過謝走出服裝店，盡可能目不斜視地趕快上車，經過２４６號路就那樣直接回家。由於退還衣服使她覺得身體輕了幾分。對，那些是沒有必要的東西，她對自己說。我已經擁有到死為止一輩子都夠穿的許多大衣和洋裝了啊。但當她停在十字路口最前面等紅綠燈時，卻仍一直在想著那件大衣和洋裝。那是什麼顏色什麼款式的，手摸的觸感怎麼樣，她都記得一清二楚。就像還在眼前一樣，連細部都能鮮明地浮現在她腦子裡。她感覺額頭在冒著汗。雙肘還搭在方向盤上，她深深吸一口氣，並閉上眼睛。當她睜開眼睛時，看見號誌燈已經變成綠燈。她反射性地用力踏油門。

這時候，十字路口有一輛強行闖黃燈的大型卡車正從側面全速衝向她所駕駛的藍色雷諾轎車的鼻尖。她連任何感覺的時間都來不及。

留給東尼瀧谷的只有整個房間堆積如山的7號洋裝。光是鞋子就將近兩百雙。這些到底該怎麼辦呢？他不知道。永遠留著妻子穿戴過的東西也不是滋味，於是飾品之類的他叫了業者來估個價錢讓他們帶走。襪子和內衣類則整理成一堆在庭園的焚化爐裡燒掉。只有洋裝和鞋子實在太多了於是就那樣留下來。在妻子葬禮結束後，他一個人窩在那服裝間裡，從早到晚望著那些擁擠排在那裡的衣服。

葬禮過後十天，東尼瀧谷在報上刊登徵求女助理的廣告。寫道徵求尺寸7、身高161公分左右，皮鞋尺寸22的女性，待遇從優。因為他所提供的待遇可以說是破例的高，因此總共有十三個女人到南青山他的工作室兼辦公室來接受面試。其中有五個之多顯然尺寸是造假的。從剩下的八個之中，他選了體型最接近妻子的女子。一個容貌沒什麼特徵、二十五歲左右的女子。她穿著沒有裝飾味的白襯衫，藍色窄裙。衣服和皮鞋都很乾淨，但仔細看卻有些舊。

東尼瀧谷對那女孩子說。工作本身沒有任何困難。只要每天九點到五點之間到辦公室來，接接電話，幫我送送原稿，收收資料，影印東西就行了。但有一個條件。老實說我太太剛去世，家裡留下很多我太太的衣服。那幾乎都是新的或和新的一樣，希望妳在這裡工作時代替制服穿。所以我以衣服尺寸皮鞋尺寸和身高做為錄用條件。我想這聽起來大概很奇怪。妳對這點想必也覺得有點可疑。這個我自己也很清楚。不過我並沒有其他意思。只是要習慣太太不在了這個事實還需要花一些時間而已。換句話說我必須慢慢調整我周圍那空氣壓力似的東西。我自己需要這樣的期間。希望在那期間妳能穿上我太太的衣服，在我身邊。因為這樣的話我對妻子已經死了不在的這件事，應該能夠以實際感覺來掌握。

女孩子咬著嘴唇快速地把這奇怪的條件在腦子裡整理了一番。這確實是一件怪事。老實說，她並不完全瞭解東尼瀧谷所說的意思。她明白他太太最近死了這件事。也明白她有很多衣服這回事。但為什麼自己非要在他面前穿上那衣服工作不可呢？她有一點無法理解。要是平常的話想必這背後應該有什麼原因吧。但這個人看來不像是多壞的人，她想。這只要聽對方說話的樣子就可以明白。或許因為太太死了，什麼地方變得有點奇怪也不一定，但看不出是會因此而加害於別人的那種類型。而且再怎麼說她都不得不工作。這幾個月她一直在找工作。下個月失業保險金就會停了。那樣一來連付房租都有困難。能夠付這麼高薪的職場恐怕今後再也找不到了。

我明白了，她說。詳細情形我不完全瞭解，不過我想我大概可以做到像您說的那樣。但在那之前是否可以先讓我看看那衣服呢？我想尺寸是不是真的合適，最好先試一試比較好。當然可以，東尼瀧谷說。並帶這女孩到自己家裡去，讓她看滿房間的洋裝。除了百貨公司之外，這女孩子從來沒有看過這麼多衣服集中在一個地方。而且看來那些全都是很花錢的上等東西。品味也沒話說。那看起來是非常眩眼逼人的光景。她無法好好呼吸。沒來由地胸口怦怦地跳。她感覺那有點類似性的昂揚感。

東尼瀧谷要她試一試尺寸，便把她留在那裡自己走了出去。女孩子回過神來拿起身邊的衣服試穿了幾套。鞋子也試穿看看。衣服和鞋子都好像是為她而做似的尺寸完全吻合。她把那些衣服一件一件拿在手上看著。試著用手指撫摸看看，聞聞味道。幾百套美麗衣服就排列在那裡。終於她的眼睛湧出淚水。她沒辦法不哭。淚水不停地湧出來。她克制不住。她身上還穿著死去女人所留下的衣服，強忍住聲音地暗暗哭泣。過一會兒之後東尼瀧谷過來看情形，問她為什麼哭。不知道，她搖著頭回答。因為從來沒看過這麼多漂亮衣服，大概因此而混亂了，對不起，她說。並用手帕擦眼淚。

如果方便的話，請妳明天起就到辦公室來。東尼瀧谷以職業性的口吻說。請先從這裡面選一星期份的衣服和鞋子帶回去。

女孩子花時間選了六天份的衣服。然後搭配那些衣服選了鞋子。並把那些裝進皮箱裡。恐怕天氣會變冷妳把大衣也帶去吧，東尼瀧谷說。她選了一件看來很暖和的灰色喀什米爾毛大衣。大衣像羽毛般輕。有生以來她第一次手上拿到這樣輕的大衣。

女孩子回去之後，東尼瀧谷走進妻子的服裝間把門關上，呆呆地望了一會兒妻子留下來的衣服。為什麼那個女孩子看見衣服竟然哭了呢？他無法理解。那些衣服看來就像是妻子留下來的影子一樣。尺寸7的她的影子彷彿重疊著排了好幾列。從衣架上垂掛下來。看來好像是收集了許多內含著人類存在的無限（至少理論上是無限）可能性的樣本垂掛在那裡似的。

這些影子過去附著在妻子身體上，被賦予溫暖的氣息，和妻子一起行動的影子。現在出現在他眼前，卻只不過是喪失生命之根正一刻刻枯萎下去的乾癟影子的群體而已了。那已經不帶有任何意義，不過是陳舊的衣服罷了。他看著看著逐漸呼吸困難起來。各種顏色像花粉般在空中飛舞，飛進他的眼睛、耳朵、鼻子。貪婪的褶紋、鈕釦、肩章、裝飾口袋、花邊和皮帶使房間的空氣變得異樣稀薄。預備充足的防蟲劑的氣味，像無數微小的昆蟲般發出無聲的羽音。他現在忽然發現自己正憎恨著這些衣服。他倚靠在牆上，交抱著雙臂閉上眼睛。孤獨像溫暖的黑暗汁液般再度浸透了他。這一切都已經結束了，他想。不管再做什麼，一切都已經結束了。

他打電話到她家去，說希望她把工作的事忘記。很抱歉已經沒有這工作了，他說。到底為什麼呢？女孩子吃驚地問。很抱歉事情有了改變，他說。妳帶回去的衣服和鞋子全部送給妳，皮箱也送給妳，所以請妳忘了，也不要跟任何人提這件事，東尼瀧谷說。女孩子雖然不知道到底是怎麼回事，但在談話之間她已經開始覺得再勉強一問一答也麻煩，便說我知道了而掛斷電話。

然後有一段期間，她對東尼瀧谷很生氣。但不久以後她覺得結果變成這樣或許比較好。因為一開始事情就有點不自然。雖然工作沒了很遺憾，但總會有辦法吧。

她把從東尼瀧谷家帶回來的幾套衣服一件一件整齊地攤開來掛進衣櫥，皮鞋放進鞋櫃。和這些新加入者比起來，原來就放在那裡的她自己的衣服和鞋子全都令人愕然地顯得寒酸。感覺好像是用完全不同次元的材料所製成的別種物質似的。她把為了面試而穿的自己的衣服脫掉掛在衣架上，換成牛仔褲和運動衫，從冰箱拿出啤酒罐坐在地板上喝。然後她回想起東尼瀧谷家服裝間裡那些堆積如山的洋裝嘆了一口氣。居然有那麼多漂亮的衣服，她想。要命，那間服裝間比自己住的公寓房間還要寬大。買那麼多衣服，一定花了很多錢和時間。但那個人已經死了。只留下滿滿一房間之多尺寸7的衣服。留下那麼多漂亮衣服而死去是什麼樣的心情呢？她想。

她的朋友們都清楚她很窮，因此每次看見她穿不同的新衣服都非常吃驚。因為那每一件都是完美而昂貴的名牌衣服。那些衣服到底是在什麼地方如何得到的呢？朋友都問。沒辦法說明，因為我跟人家有約定，她說，並搖搖頭。而且就算說明了，反正你們一定也不會相信，她說。

東尼瀧谷終究叫了二手衣店的人來，把妻子留下的衣服全部拿走。他沒有要多少錢。反正都無所謂了。對他來說免費都可以，只希望一件都不留地全部拿走。拿到往後自己的眼睛再也接觸不到的遙遠地方去。

他讓那變空的服裝間，長久之間仍保持空空的狀態。

偶爾他會走進那房間，什麼都不做地只是發呆。坐在地板上一小時、甚至兩小時一直望著牆壁。那裡有死者的影子，影子的影子。然而隨著年月的逝去，他已經想不起過去曾經在那裡的東西了。那顏色和香氣的記憶不知不覺地消失了。連過去曾經擁有過的那鮮明的感情，也從記憶的領域逐漸向外退出。記憶彷彿被風搖晃的霧一般慢慢地變形，每變形一次就變得更淡。那變成影子的影子，的影子。在那裡可以觸知的只有過去曾經存在過的東西所留下的失落感而已。有時候甚至連妻子的臉都想不起來。但他有時候會想起在那個房間裡看見妻子留下的衣服而流淚的陌生女子。那女孩子沒有特徵的臉，陳舊的漆皮皮鞋，還有她安靜的嗚咽會在記憶中甦醒過來。他並不想憶起這些事的。但它們卻在不知不覺之間甦醒過來。在很多事情都已經完全遺忘之後，不可思議地只有連名字都不記得的那個女孩子的事還忘不了。

妻子死去的兩年後父親瀧谷省三郎因肝癌去世。以癌症來說他的痛苦算是少的，住院期間也短。幾乎是像睡著般地死去。這可說意味著他到最後都還蒙幸運之神恩賜。除了一些現金和股票之外，瀧谷省三郎並沒有留下稱得上財產的東西。留下的只有紀念的樂器，和老爵士唱片的龐大收藏了。這些唱片東尼瀧谷還裝在快遞公司的紙箱裡，堆在空空的服裝間地板上。因為唱片有發黴的臭味，他不得不定期打開窗戶讓空氣對流換氣。但除了那樣的時候之外，他已經不再踏進那個房間。

這樣子過了一年。但這麼多唱片在家裡堆積如山已經漸漸令他心煩了。只要光想起在那裡的東西，他有時就會覺得快要窒息。半夜醒來，也曾經就那樣再也睡不著。記憶並不鮮明。但它們就在那裡，擁有該有的重量確實地存在著。

他把二手唱片業者找來讓他們估價。由於很多是老早以前就絕版的貴重唱片，因此估的價錢相當可觀。金額可以買得起一輛小型汽車，但對他來說怎麼樣都無所謂了。

唱片的山完全消失之後，東尼瀧谷這回真的變成孤伶伶孑然一身了。

第七個男人

「那海浪像要捕捉我的事，發生在我十歲那年，九月的一個下午。」第七個男人以平靜的聲音道出。

他是那一夜談話的最後一個人。時鐘的指針已繞過夜晚的十點。房間裡的人圍成一圈坐著，可以聽見外面黑暗深處朝西吹著的風聲。風將庭園的樹葉搖晃著，在窗玻璃上喀噠喀噠地細細震動著，然後像輕輕吹著哨子般發出很高的聲音，呼嘯而過。

「那是種類特殊的，過去從來沒看過的巨大海浪。」男人繼續說。

「那海浪只差一點就捕捉到我。但另一方面卻吞走了對我來說非常重要的東西，把那帶到別的世界去。我花了漫長的歲月，才再一次發現並復元。那是無法回復的漫長而貴重的歲月。」

第七個男人看來五十多歲。是個瘦瘦的男人。個子高高的，留著口髭，右眼旁邊有一道像細小的刀子割過般小而深的傷痕。頭髮短短的，好些地方混雜著顯得粗硬的白髮。男人臉上露出無法恰當說出什麼時經常會有的表情，但那表情似乎很早以前就在那裡了似的，跟他的臉已經很搭配適應了。他在灰色斜紋毛料西裝裡面，穿了一件沒有裝飾味道的藍襯衫。男人不時用手摸摸襯衫領子。誰都不知道他的名字。也不知道他是做什麼的。

第七個男人接著小聲乾咳一下。然後讓自己的語言沈入屢次斷續的沈默中。人們一言不發，等著他繼續說。

「那對我來說，是海浪。對各位來說，是什麼，我當然不知道。但對我來說那碰巧是海浪。沒有任何前兆，有一天突然，巨大的海浪以那致命的模樣出現在我眼前。

「我是在S縣海邊的村子長大的。因為是個小村子，即使在這裡說出名字，我想恐怕各位也沒聽過吧。我父親在那裡當開業醫師，我童年過得無憂無慮，自從懂事以後有一個交往親密的朋友。名字叫做K。他住在我家附近，比我低一個學年。我們一起去上學，放學回家後兩個人經常玩在一起。簡直像兄弟一樣親。雖然相交很久了，但從來沒有吵過一次架。我實際上有一個哥哥，不過因為年齡相差六歲之多，因此氣味不太投合。而且老實說天生性向也不太合。所以我對親哥哥，似乎還不如對這個朋友擁有更溫暖的親近感情。

「K瘦瘦的，皮膚白皙，長相漂亮得像女孩子一樣。但這孩子有語言上的障礙，無法順暢說話。不認識他的人看他，或許會覺得他有智能障礙。而且他身子孱弱，因此在學校或回家玩的時候，我都好像站在保護者的立場一樣。我個子算是高大的，運動也拿手，大家都對我另眼看待。我會那樣喜歡主動跟K在一起，完全都是因為他擁有一顆溫柔而美麗的心。他絕對沒有智能上的缺陷，只因為有障礙因此學校成績不太行，功課勉強能跟上而已。但畫圖卻特別巧，一讓他拿起鉛筆和顏料時，連老師都要咋舌，他能畫出非常有可看性而充滿生命力的畫。在無數次競賽中都入選、得獎。如果照這樣下去的話，我想他很可能會成為一個名畫家。他喜歡畫風景畫，到附近海邊去總是不厭倦地寫生海的風景。我經常坐在他旁邊，看他快速確實地運動他的筆。我深深佩服，並驚訝他怎麼能夠在完全空白的畫紙上，一瞬間就生出那樣生動的形狀和色彩來。現在想起來，那純粹是所謂的才華吧。

「有一年九月，我住的地方有一次被一個大颱風侵襲。根據收音機的氣象預報，那是十年來最大級數的颱風。學校早就決定停課，村子裡的商店都牢牢放下鐵門準備避風。父親和哥哥拿著鐵槌和釘子，從早晨開始就把全家的遮雨板窗釘牢。母親站在廚房忙著做飯糰，把水瓶和水壺灌滿水。我們把重要東西裝進每個人的背包，以備需要逃往什麼地方避難時用。對大人們來說，每年來臨的颱風只會造成困擾帶來危險，但對遠離具體現實的我們小孩來說，卻像是令人心跳興奮的大型慶祝活動似的。

「中午過後天空顏色開始急速變化，裡頭像混合著某種超現實的色調。風的呼嘯聲更高了，發出像把沙子甩到什麼上面似的唰啦唰啦怪異的乾乾的聲音，雨開始激烈敲打房子，我走出簷廊眺望那樣的天空。在遮雨板窗緊閉變成黑漆漆的屋裡，我們全家人聚在一個房間裡側耳傾聽收音機的新聞報導。說是雨量不太大，但強風的破壞力很大，許多房子屋頂已經被掀掉，有幾艘船也已翻覆。幾個人被飛來的重物擊中而死亡或負重傷。請絕對不要走出屋外，播音員一再重複地警告。房子偶爾因為強風的關係，簡直像被大手搖晃著似的發出咯吱咯吱的聲音。時時會聽到什麼沈重的東西碰撞遮雨板窗咚——的一聲。可能是別家的瓦片飛過來吧，父親說。中午吃了母親的飯糰和煎蛋，大家聽著收音機的新聞報導，安靜地等著颱風過境從這一帶離去。

「但颱風老是不過去。根據新聞報導，說是颱風從S縣東部登陸後，速度便急遽減慢，現在已經變成像人在跑步般緩慢地往東北方移動中。風不厭其煩地發出凶暴的聲音，企圖把地表所有的東西全部席捲到大地盡頭去。

「那樣的風在開始猛吹之後，我想大約經過一個多小時，一留神時，周遭已經恢復成靜悄悄的，聽不見任何聲音，甚至還能聽見不知從何方傳來的鳥啼聲。父親輕輕打開一部份遮雨板窗，從縫隙間眺望外面的情形。風停了，雨也停了。

灰色的厚雲緩慢地在天空流動。雲的裂縫間有好幾個地方開始露出藍天。庭園的樹木被雨淋得濕答答的，枝葉尖端正滴著水滴。

「『我們現在正在颱風眼中央。』父親教導我。『在短時間內，大約十五分鐘或二十分鐘左右，這安靜會像中場休息一樣地持續。然後風雨又會像剛才一樣再回來。』

「我問父親可以出去嗎？只要不走遠，散散步倒沒關係，父親說。

「『不過只要稍微開始起風，就要立刻回來喲。』我走出外面，張望四周。實在難以相信才數分鐘前暴風雨曾經席捲過。我抬頭仰望天空。覺得天空洞開一個巨大的颱風『眼』，正冷冷地俯視我們。不過當然不會有那樣的眼睛。我們只是處在氣壓所形成的漩渦中心短暫的安靜中而已。

「大人們正在家裡忙著到處檢查有沒有什麼地方破壞了時，我一個人往海岸的方向走去瞧瞧。家家戶戶的樹木有很多枝幹都被折斷吹走，散落得滿路。還有連一個大人都搬不起來的松枝掉落下來。到處是粉碎的瓦片。汽車玻璃被石頭打中，出現巨大的裂痕，不知哪家的狗屋滾到馬路上來。簡直像有一隻大手從空中伸出來，放肆地在地上揮掃過似的光景。我走在路上時，K看見我，於是也走了出來。K問我要去哪裡。我回答說想看一下海，K便什麼也沒說地跟在我後面走。K家裡有一隻小白狗，那隻狗也追在我們後面跟來。『只要開始吹一點風，就要馬上回家噢。』我說，K默默地點頭。

「從家裡步行兩百公尺左右的地方就是海。防波堤有我當時的身高那麼高，我們走上階梯，走出海岸。我們幾乎每天都到海邊來玩，這一帶的海岸我們無所不知。但在颱風眼中，看起來一切的一切都顯得和平常不一樣。天空的顏色、海的顏色、海浪的聲音、海水的氣味、風景的延伸，有關海的這些全都不一樣了。我們在防波堤上坐了一會兒，無聲地眺望著那樣的光景。明明正在颱風之中，但海浪卻平靜得可怕。岸邊浪頭也比平常退得遠。白色的沙灘在我們眼前無盡地延伸。即使平常在退潮時，潮水也沒退得那麼遠。那就像家具完全搬出去後所留下的大房子一樣，顯得格外空曠。很多漂流物被沖到海岸上，像帶子一樣一列排開。

「我走下防波堤，一面探看周遭的模樣，一面走在那樣瀝乾的海灘，想仔細查查看掉在那裡的東西。塑膠玩具、涼鞋、家具的碎木片、衣服、稀奇的瓶子、寫著外國語的木箱、還有其他莫名其妙的東西，簡直像小糖果店前面擺出來的攤子一樣，雜亂無章地散落眼前。一定是颱風的大浪把這些東西從遙遠的地方運來這裡的。我們一發現什麼時，便拿起來在手上仔細地把玩觀賞一番。K的狗一面搖著尾巴一面走到我們兩人旁邊，一一用鼻子聞著我們手上東西的氣味。

「我們在那裡頂多五分鐘，我想大約只有這樣。但一留神時，海浪已經來到離海灘很近的地方了。海浪無聲地，毫無動靜地，將那滑溜溜的舌尖悄悄地伸到很靠近我們腳邊的地方來了。我完全沒預料到海浪會在一轉眼之間立刻就悄悄地靠近來。因為我是在海邊長大的人，因此從小就知道海的可怕。我很清楚有時候海會變得不可預測的凶暴，因此我們都很小心地遠離浪頭靠近的地方，而留在認為『這裡沒問題』的地點。但那浪頭卻在不知不覺之間已經來到離我站立的地點只有十公分那麼近的地方了，而且又再無聲地悄悄退走。然後海浪最後就那樣不再回來了。湧來的海浪本身絕不是那種不穩定的海浪。是靜靜的沖洗沙灘的安穩海浪。但其中卻隱秘地暗藏著某種極不祥的東西，簡直就像爬蟲類的肌觸般，在一瞬間令我感到背筋都凍僵了。那是沒來由的恐怖，卻是真正的恐怖。我直覺地領悟到，那是活著的東西。不會錯。那海浪確實擁有生命。海浪明確地捕捉了我在這裡的身影，現在立刻就要把我收入掌中去了。正如巨大的肉食獸把焦點固定在我身上，正一面夢想著用牠銳利的牙齒撕裂噬食我，一面屏息躲藏在草原的某個地方一樣。不逃不行，我想。

「我對K出聲喊道：『走了噢。』他在離我十公尺左右的地方背對著我，蹲下身子正在看著什麼。我明明是以相當大的音量喊的，但K似乎並沒有聽見我的聲音。或許正為了自己所發現的東西入迷，我的聲音沒傳進他耳中也說不定。K有這樣的傾向，很容易對什麼入迷，而完全忘記周遭的事情。或者是我的聲音並沒有像自己想像中的那麼大。我記得很清楚那聽起來不像是自己的聲音，而像是別的什麼人的聲音。

「那時候我聽到咆哮聲。大得會令大地震動的咆哮聲。不，在咆哮聲之前還聽見別的聲音。像從洞穴裡湧出大量水來似的咕嘟咕嘟不可思議的奇怪聲響。在那咕嘟咕嘟持續一陣子然後收斂之後，接著又發出像嘩啦嘩啦的轟隆聲，可怕的咆哮來臨。但K還是沒有抬起頭來。他一直蹲著看著腳邊的什麼。精神集中在那上面。K難道沒聽見那咆哮嗎？為什麼像地鳴般巨大的聲音會沒有傳進他耳裡呢？我真不明白。或者聽到聲音的只有我而已。說起來也奇怪，那或許是只有傳進我一個人耳朵的特殊聲音。因為，在他身邊的狗，似乎也沒留意到那聲音的樣子。狗這東西正如大家都知道的，是對聲音動靜特別敏感的生物啊。

「我急忙向K跑過去，想抓住他逃離那裡。除了這樣已經沒有別的辦法了。我知道海浪馬上就要來了，而K卻不知道。但一留神時，我的腳，卻朝向和我意願完全相反的方向跑。我正往防波堤的方向一個人逃走。使我這樣做的，我想一定是那到了極點的恐怖感吧。那奪走了我的聲音，使我的腳擅自動了起來。我跌跌絆絆地跑過沙灘跑到防波堤，然後從那裡向K喊叫。

「『危險哪，海浪來了噢。』這次從我嘴裡大聲叫出。一留神時，轟隆聲已經在不知不覺中消失了。K也終於察覺我的叫聲抬起頭來。但已經太遲了。那時候巨大的海浪，像蛇一般高高揚起頭來，朝向海岸撲襲而來。我有生以來第一次看到那樣可怕的海浪。高度足足有三層樓高。海浪幾乎是無聲的（至少我沒有聲音的記憶。它在我記憶中無聲地來臨。），在K背後壓倒天空般地抬高起來。K有一會兒以莫名其妙的表情看著我。然後好像忽然發現了似的，轉身回頭向後看。他想逃走，但逃不了。在下一個瞬間海浪已經把他整個人吞進去了。簡直像和全速衝過來的無情火車頭正面衝突一樣。

「海浪發出轟隆巨響地崩裂、激烈地打擊沙灘，像爆炸般飛濺揚起，越過空中往我所在的防波堤襲來。但我躲藏在防波堤後面，避過那海浪。只有越過防波堤而來的破碎浪花濺濕我的衣服。然後我趕快又跑上防波堤，眼睛往海岸張望。海浪已經轉向，一面留下粗暴的吼聲，一面全速朝海面引退而去。看起來簡直像有誰在大地盡頭使勁地拉著巨大的地毯般。我凝神注視，但到處都看不見K的身影。也沒看見狗的身影。海水退走，令人以為好像海底就要完全露出似的，海浪一口氣退到好遠好遠的地方去。我獨自一個人呆呆站在防波堤上。

「寂靜再度回來。好像勉強把聲音抹掉似的絕望的寂靜。海浪把K吞進去後，就那樣退到遙遠的不知道什麼地方去了。現在該怎麼辦才好？我不知道。也想過要不要下到沙灘去。說不定K被埋在那一帶的沙裡了……。但我隨即改變想法，就那樣離開了防波堤。因為我憑經驗知道，大浪這東西，具有連續來兩次或三次的習性。

「我記不得經過多久。我想不是很長。十秒？二十秒？頂多這樣吧。不管怎麼樣，在那可怕的空白之後，正如我所預測的，海浪再度回到海岸來。轟隆聲和前次一樣強烈地震動地面，那聲音消失，海浪終於捲起巨大的鐮頭立了起來。和上一次一模一樣。那壓倒天空，像致命的岩壁般堵在我眼前。但這次我沒有逃到任何地方。簡直像著了魔似地立定在防波堤上，凝神注視著那海浪的撲襲。K被捲走之後，現在再逃也不能怎樣了，那時候似乎有這種感覺。不，或許我只是面對壓倒性的恐怖，身體動彈不得了而已。到底是怎樣，我已經記不得了。

「第二次的海浪，不比第一次的小。不，而是更大的海浪。就像磚砌的城牆崩塌時那樣，形狀一面慢慢地歪斜，海浪一面在我頭上傾倒過來。因為實在太大了，看起來已經不像真實的海浪，而像採取海浪形狀的完全不同的別的東西。從遙遠的另一個世界來臨的，具有海浪形狀的某種別的東西。我已經有所覺悟，決定等待黑暗捕捉自己的瞬間來臨。連眼睛都沒閉。我記得當時耳邊還聽得見自己脈搏跳動的聲音。但海浪來到我前面時，便像已經在那裡耗盡力氣了似的急速喪失勢力，還浮在空中便那樣忽然停止下來。雖然只是一瞬間而已，但海浪崩潰的模樣，就那樣動也不動地停止了。而我在那尖端的浪頭中，那透明而殘忍的舌頭中，清楚地辨認出K的身影。

「或許各位不相信我所說的話也不一定。那大概是沒辦法的事吧。為什麼會發生這樣的事呢？老實說，連我自己也不太明白。當然也無法說明。但那既不是幻覺也不是錯覺。我沒有說謊，這是當時實際發生的。那海浪的尖端部分，簡直像封閉在透明膠囊中一般，而K的身體就橫躺著漂浮在那裡面。不只是這樣。K還從那裡對我笑著。就近在我眼前，幾乎伸手可及的地方，我可以看見剛剛才被海浪吞走的親密好友的臉。沒錯。他在對我笑。而且不是普通的笑法。K的嘴巴名副其實咧開到耳邊那樣，咧開得大大的。並以一對冷得凍徹的眼光，一直盯著我看。他把右手伸向我。簡直像要抓住我的手拉向那邊的世界去一樣。但只差一點點，他的手沒能抓到我。然後K再一次咧開嘴大笑。

「我好像就是在那時候失去了意識。當我醒來時，正躺在父親醫院的病床上。我一睜開眼睛，護士就去叫我父親，他立刻趕來。父親拿起我的手來把脈，看我的瞳孔，用手試探我額頭的熱度。我的手想動，但怎麼也抬不起來。身體像燃燒般發熱，頭腦恍恍惚惚的什麼都不能思考。我似乎一直發高燒，燒了很久。父親對我說你已經連睡三天了。附近的人在隔了一段距離的地方，從頭到尾看到事情的經過，把昏倒的我抱回我家。K則被海浪捲走後，還一直行蹤不明，父親這樣說。我想跟父親說什麼。我覺得我必須說什麼才行。但舌頭腫得麻痺，話說不出來。感覺像有別種生物住進我嘴裡似的。父親問我名字。我想回想自己的名字，但在想起來之前，又一次失去知覺沈入黑暗中去。

「結果我在床上躺了一星期，他們餵我流質食物。我吐了好幾次，輾轉呻吟。父親在這之間，似乎很擔心我的意識會因為強烈的打擊和高燒的關係而永遠受損。我確實處在有可能變得那樣嚴重的狀態。但我的肉體總算復元了。在幾星期之後，我就恢復原來的生活。可以照常吃東西，也能去上學了。但卻不可能一切都復元。

「K的遺體終究沒有出現。和他一起被海浪捲走的小狗屍體也沒被發現。那一帶海岸溺死的人，大多總是會被海潮沖到東邊小三角洲的地方，幾天後被沖上沙灘，但只有K的屍體始終行蹤不明。也許因為那次颱風太大了，一直被捲進大海裡去，沒有沖回海岸來，卻沉到什麼地方的海底深處，變成魚餌了也說不定。K的遺體搜索，在附近漁夫的協助下繼續了很長時日，但終於在希望渺茫之下結束了。由於沒能找回貴重的遺體，因此到最後都沒有舉行葬禮。K的雙親後來幾乎變成半瘋狂狀態，每天茫茫然地在海邊徘徊，或躲在家裡唸經。

「雖然受到這樣大的打擊，但K的雙親卻沒有因為我在颱風正大時把K帶去海邊，而責備過我一次。因為他們很知道，我過去真把K當做親弟弟一樣地疼愛珍惜。而且我的雙親也盡量不在我面前觸及這件事。但我很清楚。只要我願意的話，我是救得了K的。或許我可以跑到K所在的地方去，把他拉起來逃到海浪到不了的地點。就時間來說確實極緊迫了，但試著回溯記憶中的時間時，我想應該還有那餘裕吧。但正如我剛才也說過的那樣，我被壓倒性的恐怖所驅使，而遺棄了K，就那樣自己一個人趕快逃走，由於K的雙親沒有責備我，還有任何人都像怕觸及腫起的傷口般絕口不提那件事，使我感覺更痛苦。有很長一段時間，我無法從那精神上的打擊中重新站起來。不能去上學、不太吃東西，只躺在床上每天一直望著天花板。

「我無論如何都無法忘記，橫躺在那浪頭尖端，咧開嘴對我笑的K的臉。他好像在引誘我似的向我伸出手，那一根根手指的影像無法從我腦子裡消失。我一睡著，那臉和手就像早就等在那裡似的，出現在我夢中。在夢裡，K從浪頭的膠囊中咻一下跳出來，緊緊抓住站在那裡的我的手腕，就那樣往海浪裡拉進去。

「然後也常做這樣的夢。在夢中我在海裡游泳。在非常晴朗的夏天下午，我用蛙式悠閒地在海上游著。太陽灼熱地曬著我的背，水舒服地包著我的身體。但就在這時候，有人在水中抓住我的右腳。我的腳踝四周可以感覺到像冰一般冷的手的感觸。那力量很強，無法踢開抖開。我就那樣被拉進水裡去。我在那裡看見K的臉。K和那時一樣，臉上依然像裂開似地大大地咧嘴笑著，一直凝視著我。我想大聲喊叫。但聲音卻出不來。只能喝水而已。水充滿了我的肺。

「我大聲叫，滿身是汗，呼吸急促，在黑暗中醒過來。

「那年年底，我向父親訴說，自己想早一刻離開那個村子搬到別的地方去。面對著K被海浪捲走的海岸，我無法繼續這樣生活下去，你們知道我每天晚上被惡夢纏身。我想盡可能遠離這裡。要不然我可能會瘋掉。父親聽了我的說明，便為我安排遷移的事。一月裡我搬到長野縣，開始上當地的小學。父親老家在長野的小諸附近，我便寄住在那裡。我升上當地的中學，再升高中。放假時也不回家。只有雙親有時候會來看我而已。

「於是我繼續住在長野直到現在。我從長野市理工科系的大學畢業後，就在當地的精密機械公司上班，直到現在。我以一個極平凡的人工作著、生活著。正如各位所看見的，並沒有什麼特別與眾不同的地方。雖然絕對算不上善於和人交際應酬，但我喜歡登山，也有幾個和這方面有關的親密好友。自從離開那個村子一段時間之後，我已經不再那麼頻繁地做惡夢了。但惡夢並沒有完全從我的生活中離去。偶爾還會像收費的人來敲我的門一樣，來到我這裡。在快要忘記的時候就一定會來。每次每次都完全一樣的夢。連細節都一模一樣。每次我就會大聲喊叫而醒過來，一身的汗把棉被都弄濕了。

「我沒結婚，可能也是因為這個原因。我不想在半夜兩、三點大聲喊叫，把身邊的人吵醒。到現在為止，我曾經喜歡過幾個女人。但我從來沒有跟任何一個一起過夜。恐怖已經滲入我的骨髓，我不可能和誰共有它。

「結果有四十年以上，我沒有回去故鄉的村子，也沒有接近過那海岸。不只是那海岸而已，連一切所謂的海都不接近。因為我怕一去海邊，就會實際發生和夢裡一樣的事。而且我原來是最喜歡游泳的，但從那事件以來連游泳池都不去了。也不涉足深河、湖水，更避免搭乘船隻，連搭飛機到海外都沒有過。不過雖然如此，我還是無法將自己正在某個地方溺死的影象從腦子裡拂去。那黑暗的預感，就像夢中K冰冷的手一樣，緊緊抓住我的意識不放。

「我第一次再訪K被捲走的海岸是去年春天的事。

「那前一年，我父親因癌症去世，哥哥為了處理財產而把老家賣掉，在整理儲藏室時，發現有我小時候的東西集中裝在紙箱裡，於是把它寄來給我。大部分都是些沒有用的雜物，但其中有一捆K畫了送給我的畫，碰巧接觸到我的眼光。那可能是父母親為我留下當做紀念的吧。我不禁害怕得快要窒息。我覺得K的靈魂好像要從畫中甦醒到我眼前似的。我打算立刻把它處理掉，便重新照原來的樣子用薄紙把那包起來，放回紙箱裡。但我卻無論如何也無法把K的畫丟棄。幾天後，經過一再的猶豫，我又把薄紙掀開來，放膽地拿起K所畫的水彩畫來看。

「幾乎都是風景畫，我所熟悉的海、沙灘、松林、街容，在K那獨有的果敢色調下畫出來。不可思議的是竟然沒有褪色，還和我以前看到時的印象同樣鮮明地留下來。手上拿著畫，有意無意地看著之間，我變得非常懷念從前。這些畫比我記憶中的更精巧，而且在藝術性上更卓越。我從那畫中可以深深感覺到K這個少年深刻的心情。他是以什麼樣的眼光看著周遭世界的，我簡直像我自己的事般可以實實在在地理解。我一面看著畫，一面一一鮮明地憶起自己和K一起做過的事、一起到過的地方。對，那也是少年時代我自己的眼光。那時候的我和K兩個人肩並肩，曾經以同樣生動活潑而沒有陰影的眼睛看過世界。

「我每天從公司回家就坐在書桌前，手上拿起一張K的畫來看。我可以一直看下去。那裡面有我長久以來強烈地從意識中排除的，少年時代溫柔的風景。看著K的畫時，我感覺到有什麼正靜靜地滲入我體內。

「於是有一次，大概經過一星期左右吧，我忽然這樣想道。說不定自己過去一直嚴重地想錯了。躺在海浪尖端的K，並沒有怨我恨我，或許也並沒有想要把我帶到什麼地方去。看起來像咧著嘴笑，也只是因為某種原因而顯得像那樣而已。他那時候可能已經失去知覺了。或許K在向我做最後溫柔的微笑，做永遠的告別。我把K的表情認定成強烈的憎恨之色，或許只不過是那一瞬間捕捉我支配我的深切恐怖的投影而已……。我仔細地看著K從前所畫的水彩畫時，這種想法變得越來越強。因為不管怎麼看，從K的畫中，我都只能看到沒有污點的安穩靈魂。

「然後我長時間靜靜的坐在那裡。站也站不起來。天色黑了，黃昏的淡淡黑影慢慢地包住了房間。終於深深沈默的黑夜來臨了。夜無盡地持續著，直到黑暗的砝碼沈重累積得再也承受不了時，黎明才終於來臨。新的太陽把天空染成粉紅色，鳥兒們醒過來開始啼叫。

「那時候，我想我必須回去那個村子。而且是立刻。

「我把簡單的行李裝進旅行袋，打電話給公司說有急事要請假，便搭火車趕往故鄉的村子。

「村子已經不是我所記得的，安靜的海邊小村。由於一九六〇年代高度成長期近郊出現工業都市的關係，周圍的風景有了很大的變貌。從前只有土產店的站前，興起了整排商店，村裡唯一的電影院已變成巨大的超級市場。我的家也已經不見了。老家在幾個月前拆掉，變成空曠的草地。庭園的樹木全都被砍倒，黑色地面到處只有雜草叢生而已。K所住過的老房子也一樣消失了。那一帶變成鋪了水泥地按月出租的停車場，排列著自用轎車和廂型車。但在我心中倒並沒有所謂感傷這東西。因為從很久以前開始，那裡已經不再是我的村子了。

「我走到海岸，步上防波堤階梯。防波堤外面，和以前沒有兩樣，是誰也擋不住的，無限延伸的海，廣大的海。遙遠的彼方，看得見一道水平線。海邊的風景也還和以前一樣。同樣的沙灘延伸著，同樣的海浪拍打著，同樣有一些人在浪頭邊緣散步著。下午四點過後，黃昏前的柔和日照包圍了四周，太陽彷彿在想什麼似的，慢慢向西繼續傾斜下去。我在沙灘上坐下來，把旅行袋放在旁邊，只一味默默眺望著那樣的光景。真是非常安穩而溫柔的風景。從那風景實在無法想像過去這裡曾經來過大颱風，巨浪曾經吞走我唯一最親密的朋友。而還記得四十幾年前曾經發生過那樣事件的人，恐怕已沒剩幾個了。甚至令我覺得這一切難道是我腦子裡製造出來的精緻幻影嗎？

「一留神時，我心中的深沈黑暗已經消失。就像來的時候一樣唐突地，不知消失到什麼地方去了。我慢慢從沙灘上站起來。然後走到沙灘與海浪交界的地方，褲管也沒捲，就安靜地踏進海水裡去。並且還穿著鞋子，任由湧上來的海浪拍打。小時候曾經湧上這裡的相同的海浪，彷彿和解似地懷念地拍打著我的腳，黑黑地濡濕了我的衣服、鞋子。好幾次，緩慢的波浪每隔一段時間便湧上來，又退下去。過往的人們以奇異的眼光偷瞄著我那樣的姿態。但我一點都不在意。對，在經過了漫長歲月之後，我終於跋涉回到了這裡。

「我抬頭仰望天空。幾片好像撕成小塊的灰色的雲浮在空中。既沒有像風的風，那些雲看來便像是一直停留在原來的地方似的。雖然我說不上來，但那些雲看來像是為我一個人而浮在那裡似的。我想起過去，少年時代的自己為了尋找颱風的大眼睛，而同樣抬頭仰望。那時候，在我心中時間的軸發出巨大的輾轉聲。四十年這歲月，在我心中像老朽的房子般崩塌了，古老的時間和新的時間混合成一個漩渦。四周的聲音消失了，光影搖晃著。而我的身體失去了平衡，跌進湧上來的海浪裡去。心臟在我喉嚨深處發出巨大的聲音，手腳的感覺變得一陣虛脫。我長久之間保持那樣的姿勢趴在那裡。站不起來。但我並不害怕。對。已經沒有什麼可怕的了。因為那已經過去了。

「從此以後我不再做那可怕的夢了。也不再大聲喊叫著半夜從夢中嚇醒。我現在，人生好像重新從頭開始似的。不，要重新開始或許已經太遲。我人生的時間，往後或許所剩無幾了。但就算已經嫌遲，我還是要感謝最後自己能夠這樣子得救、復元。是的。因為也有充分的可能性，或許我終其一生都無法得救，在恐怖的黑暗中一面吶喊著一面過完我的人生。」

第七個男人默默地環視了在座的人一會兒。誰都沒開口。連呼吸聲都聽不見。也沒有人變換姿勢。大家等著第七個男人繼續說。風似乎完全靜止了，聽不見外面一點聲音。男人好像在尋找話語似的，又再伸手摸一次襯衫的領子。

「我在想，我們在這人生中真正害怕的，不是恐怖本身。」男人稍後這樣說。「恐怖確實在那裡。……它以各種形式出現，有時候壓倒我們的存在。但最可怕的是，背對著那恐怖，閉起眼睛。由於這樣，結果我們把自己內心最重要的東西，讓渡給了什麼。我的情況——是海浪。」

盲柳，與睡覺的女人

〈盲柳導言〉

這篇作品是由刊登於一九八三年十二月號《文學界》的〈盲柳與睡覺的女人〉事隔約十年後著手修改而成的。原文約四百字稿紙八十頁，因為有點太長，我從以前就一直想改短，一九九五年夏天碰巧神戶和蘆屋有個朗讀會的機會，當時我無論如何都很想讀這篇作品（因為這篇作品原是設定在那個地方所寫的），於是我決定試著大幅修改。為了與原作〈盲柳與睡覺的女人〉做個區別，方便起見而將題目改為〈盲柳，與睡覺的女人〉，原稿量減少四成，減肥為四十五頁左右，因而內容也有部分改變，成為擁有和原作不同流動感和意味的作品，因此我決定以不同的版本，或不同的作品，收錄進這本短篇集，我想暫且讓新舊並存。

本作品和收錄在同一本短篇集的〈螢〉成一對，是和後來整理成《挪威的森林》同系統的東西，但這篇和〈螢〉情況不同，〈盲柳與睡覺的女人〉和《挪威的森林》之間並沒有故事上的直接關連。

我一閉上眼睛，就聞到風的味道。擁有像果實般圓熟豐滿的五月的風。有粗糙的果皮，有黏稠的果肉，有種子的顆粒。果肉在空中破裂之後，種子變成柔軟的散彈，打在我赤裸的手腕上。只留下些微的疼痛。

「嘿，現在幾點？」堂弟問我。由於身高相差達二十公分之多，因此堂弟經常都要抬起頭來跟我說話。

我看看手錶。「十點二十分。」

「手錶準嗎？」堂弟問。

「我想準吧。」

堂弟把我的手腕拉過去看手錶。他手指纖細光滑，但力氣比看起來大。

「嘿，這個貴嗎？」

「不貴，是便宜貨。」我一面再望一眼錶面一面說。

沒有反應。

我看堂弟那邊時，他以困惑的表情抬頭看我。嘴唇間露出的白色牙齒，看來就像退化的骨頭一般。

「**便宜貨**噢。」我一面看著堂弟的臉，一面重複正確地把每個字說清楚。

「雖然是便宜貨，但還**相當準**。」

堂弟默默地點頭。

堂弟右耳不好。剛剛進小學，耳朵就被棒球擊中，從此以後聽力就出現障礙。話雖這麼說，日常生活中大多的情況都還不至於有什麼妨礙。所以他就上普通的學校過著普通的生活。在教室為了可以將左耳朝向老師，因此經常都坐在最前面右側的座位。成績也算不錯。不過他對外部的聲音，有時候可以聽得比較清楚，有時候則不行。就像漲潮和退潮一樣，交替出現。而且偶爾大約半年一次，兩邊的耳朵都會變成幾乎聽不見。就像右側耳朵的沉默變深，使得連左側的聲音也壓滅了似的。這樣一來當然就變得不能過一般生活了，也不得不只好暫時不去上學。這是什麼原因引起的，醫師也無法說明。因為沒有其他這樣的例子。當然也沒辦法治療。

「手錶不一定貴的就準噢。」堂弟就像在說給自己聽似的說：「我以前有的手錶相當貴，卻經常不準。我上中學時父母買給我的，一年就遺失了，從此以後我就沒戴手錶，因為父母不再買給我了。」

「沒有手錶很不方便吧？」我說。

「什麼？」堂弟反問我。

「不會不方便嗎，沒有手錶？」我看著他的臉重說一遍。

「還不至於。」堂弟一面搖頭一面說。「因為又不是一個人在山中生活，想知道時間可以問人哪。」

「說得也是。」我說

於是我們又再暫時沉默下來。

我非常明白，我應該對他親切一點，跟他說更多話才是的。在到達醫院之前，我必須盡可能幫堂弟解除他所感覺到的緊張。不過自從上次見他到現在已經過了五年。五年之間堂弟已從九歲變成十四歲，我從二十歲變成二十五歲。這時間的空白，在我們之間，形成一道難以穿透的半透明隔屏似的東西。即使想對他說什麼必要的話，但腦子裡卻想不起什麼適當的話。而每當我的話頓住，或把話吞回去時，堂弟總是以有點困惑的表情抬頭看我。左耳還稍微傾向這邊。

「現在幾分？」堂弟問。

「十點二十九分。」我答。

巴士終於到來的時刻其實是十點三十二分。

和我上高中時比起來，巴士的形狀變新了。駕駛座的玻璃窗變大，看來像兩翼被摘除的大型轟炸機一樣。而且比預料中的擁擠多了。雖然沒有人站在走道上，但也沒空得可以讓我倆並排坐在一起，因此我們沒坐下，而決定站在最後面的門前面。路途並不太遠。但我不明白在這段時間怎麼會有這麼多人搭巴士。車子是由私鐵車站開出繞過都心周圍的住宅區，再開回同一站來的循環路線，沿線並沒有什麼特別的名勝或設施。倒有幾所學校，通學時間相當擁擠，但白天其他時間應該總是很空的。

我和堂弟各用一隻手抓著吊環和支柱。巴士閃閃發亮，好像才剛剛製成從工廠交貨似的。金屬部份絲毫沒有霧斑，表面甚至亮得可以照出臉來。座位的絨毛挺拔，連每一顆小螺絲都散發著新出廠機器特有的炫耀樂天氣息。

巴士變新，和乘客數比預料中多，使我有點混亂。或者這路線的環境在我不知不覺之間已經改變了也不一定。我仔細地環視巴士裡面，然後又望望窗外的風景。但那只不過是和從前一樣安靜的郊外住宅區風景。

「這路公車沒錯吧？」堂弟有點不安地問。大概因為我上了巴士以後一直露出困惑的表情，所以他也擔心起來了吧。

「沒問題。」我好像一半說給自己聽似的說。「不可能錯，這裡只有這個路線。」

「你以前搭這路公車上學嗎?」堂弟問。
「是啊。」
「你喜歡學校嗎?」
「我不太喜歡學校。」我老實說。「不過到學校可以見到朋友,而且通車也不很辛苦。」
堂弟想了一下我說的話。
「你跟那些朋友現在還見面嗎?」
「不,已經好久沒見了。」我選著字眼說。
「為什麼?為什麼不再見了呢?」
「因為離得很遠。」雖然不是真的,但也沒別的辦法可以說明。
我旁邊有個老人團體聚在一起坐著。總共有十五人左右吧,巴士擁擠其實是因為這些老人的關係。這些老人都曬得很黑,連脖子後面都黑得很均勻。而且沒有一個例外全都瘦瘦的。男的多半穿著登山的厚襯衫,女的多半穿沒什麼裝飾的簡樸襯衫。全體準備去做輕度登山,膝上放著像小登山背包般的東西。外表看來都長得像得不可思議,簡直像抽出一個依項目別排列的什麼樣品抽屜,就那樣帶來這裡似的。不過說來也奇怪。這路線沒有可以登山的路啊。他們到底要到什麼地方去呢？我一面抓著吊環一面想一下，但想不到適當的原因。

「這次的治療會痛嗎？」堂弟問我。

「不知道。」我說。「詳細情形我都沒聽說。」

「你以前看過耳朵的醫師嗎？」

我搖搖頭，試想起來，我這輩子一次都沒看過耳朵的醫師。

「你以前的治療很痛嗎？」我試著問看看。

「不太痛。」堂弟稍微面有難色。「當然並不是完全不痛，有時候有點痛，不過也不是非常痛。」

「那麼這次大概也差不多吧。因為從你媽的話聽來，這次好像並沒有要做什麼跟以前不一樣的治療。」

「可是如果跟以前沒有不同的話，豈不是一樣治不好嗎？」

「那可不一定噢。也許有什麼可能吧。」

「就像一下子把栓子拔掉一樣？」堂弟說。我瞄了他的臉一下。但看來他並不像是在故意諷刺的樣子。

我說：「換一個醫師心情會改變，手法稍微不同，也許就會帶來很大的意義也不一定。所以我覺得你不要輕易就放棄喲。」

「我並沒有放棄呀。」堂弟說。

「只是很煩了？」

「嗯。」堂弟說著嘆一口氣。「最難過的是害怕。比起實際的疼痛，不如想像可能即將會來的疼痛更討厭，而且可怕。這你瞭解嗎？」

「我想我瞭解。」我回答。

那年春天，發生了很多事。因為某種原因，我辭掉上了兩年班的東京一家小廣告公司的工作。在那前後，還和從大學時代就交往的女孩子分手。接著一個月後，祖母因腸癌去世。為了奔喪，我只帶著一個小旅行袋回到闊別了五年的家鄉。家裡我用過的房間還原樣留著。書架上排列著我讀過的書、有我睡過的床、用過的書桌、還有我聽過的老唱片。房間裡所有的一切都乾涸了，昔日原有的色與香已經喪失。唯有時間，還很可觀地確實保留了下來。

本來預定在祖母葬禮之後，休息兩三天，就要立刻回東京的。因為找新工作並不是沒有門路，我想去碰碰看。也想搬個家以轉換心情。但隨著時間的經過，卻漸漸變得嫌麻煩了。不，說得正確一點是，就算想也提不起勁了。我一個人窩在房間裡聽老唱片、重讀以前讀過的書，偶爾拔拔院子裡的草。跟誰都沒見面，除了家人之外跟誰都沒說話。

就這樣有一天伯母來了，說我堂弟這次換了一家新醫院，不知道我願不願意陪他去。本來她自己應該去的，但因為當天有重要事情無法去，伯母說。因為醫院就在我上的高中附近，地方我知道，而且我有空，沒有理由拒絕。伯母給我裝在信封裡的錢，說兩個人用那去吃個飯吧。

堂弟換新醫院，是因為常去的醫院治療幾乎看不出效果來。不但無效，他重聽的週期反而比以前變得更短就復發。伯母為此向醫師訴苦時，對方卻說病因不是外科方面，而可能出於府上的家庭環境，因此吵起架來。老實說誰都沒有預期堂弟換一家醫院，聽覺障礙就會立刻好轉。當然嘴上沒說，但其實周圍的人對他的耳朵似乎已經一半放棄了。

我和堂弟家雖然住得近，但因為年齡相差十歲以上，因此交往並不算親，只有在親戚聚會的時候，偶爾會帶他去什麼地方，或跟他玩一下的程度。雖然如此，但在不知不覺之間，人家已經把我和堂弟看成「一對」了。換句話說，想成他特別黏我，而我特別疼他。我有很長一段時間不明白為什麼。但現在，我看著他像這樣把小脖子歪著，左耳一直朝我這邊的樣子時，我的心竟奇怪地被打動了。就像很早以前聽過的雨聲一般，他那有點笨拙的一舉一動熟悉到我心裡去。為什麼親戚們會把我跟他連在一起？我好像有點明白過來了。

巴士在過了第七或第八個招呼站一帶時，堂弟又露出不安的眼神抬頭看我。

「還沒到嗎？」

「還沒到。因為是大醫院不會看漏的。」

從窗外吹進來的風，安靜地搖動著老人們所戴著的帽沿，和圍在脖子上的圍巾，我不經意地看著。他們到底是誰？還有到底要去什麼地方？

「你會在我爸的公司上班嗎？」堂弟問我。

我吃驚地看看堂弟的臉。堂弟的爸爸也就是我伯父，在神戶經營一家相當大的印刷廠。但我既沒考慮過這可能性，也沒有人向我提過。

「我沒聽過這件事。」我說。「不過，你為什麼這樣問？」

堂弟臉紅了。「我只是想會是這樣而已。」他說。「不過這樣不是很好嗎？你可以一直留在這裡呀，大家都會很高興噢。」

錄音帶播出停靠站的站名，但沒有一個人按下車鈴。停靠站也沒有人在等巴士。

「但我有事必須回東京。」我說。堂弟點點頭。

我必須做的事一件也沒有，到處都沒有。但只有這裡，我不能留。

隨著巴士往山坡上開，房子逐漸變得稀稀落落，蒼鬱的樹枝開始在路面投下深濃的影子。圍牆低矮，刷了油漆的外國人住宅也開始映入眼簾。風稍微變涼一些。巴士每轉一次彎，海便在眼底忽隱忽現。在巴士到達醫院以前，我和堂弟都以眼睛追逐著這樣的風景。

診療很花時間，而且我一個人沒問題，所以你可以到什麼地方去等，堂弟說。於是我和主治醫師打過一應的招呼後，就走出診療室到餐廳去。那天早晨，我幾乎沒吃早餐，肚子有點餓，但菜單上的食物全都引不起我的食慾。結果我只點了咖啡。

因為是平日的上午也有關係，餐廳裡除了我之外，只有一組家庭。看來大約四十五歲前後的父親穿著深藍色條紋睡衣，塑膠拖鞋。母親和兩個雙胞胎小女兒是來探病的。雙胞胎穿著一樣的白色洋裝，兩個人都以一臉認真的表情，彎身埋頭到桌上喝著橘子汁。父親的傷或病似乎不太嚴重，父母親和孩子臉上都各自露出些微無聊的表情。

窗外庭園的草坪寬闊地延伸。幾個灑水器一面發出聲音，一面四處旋轉著，往綠色草地上飛散噴灑著白色光燦的水珠。兩隻高聲啼叫的長尾鳥，筆直地橫切過那上面，終於從視野中消失。庭園草坪的前方有幾座網球場，但網子除掉了，也看不見人影。球場盡頭有成排的櫸樹，從枝葉間可以看見海。微小的海浪隨處耀眼地反射著初夏的太陽。吹拂而過的風，搖晃著櫸樹的新生葉片，輕輕撩亂灑水器的規則水珠。

我感覺好像很久以前在什麼地方看過同樣的光景似的。有寬大草坪的庭園，雙胞胎女孩正在喝著橘子汁，長尾鳥飛走了，沒張網子的網球場盡頭看得見海……但那是錯覺。雖然真實感活生生的，很強烈，但我很明白那是錯覺。我是第一次到這家醫院來的。

我把雙腳搭在對面的椅子上，吸了一口氣，閉上眼睛。在黑暗中看得見一塊白色的東西。像用顯微鏡所看見的微生物一樣，那東西無聲地伸張收縮著。改變形狀，一會兒擴張，分離四散，一會兒又凝聚成一整塊。

我是八年前到那家醫院去的。靠近海邊的一家小醫院。從餐廳的窗戶只能看見夾竹桃。那是一家老醫院，經常都有一股像在下雨的味道。因為我朋友的女朋友在那裡做胸部開刀手術，所以我陪他一起去探病。那是高二暑假的事。

雖說是手術也不算太嚴重，是把天生有點向內側錯位的一根胸骨恢復到正常位置。並不是緊急的處置，不過反正遲早要治不如趁現在做。手術本身很快就做好了，但手術後的靜養很重要，因此她住院了十天左右。我們一起共騎一輛山葉125cc的機車去醫院。去的時候他騎車，回來的時候我騎。他拜託我陪他一起去。「我不想一個人去醫院。」他說。

我朋友到車站前的西點店買了一盒巧克力糖。我一隻手抓著他的皮帶，一隻手緊緊抓著那一盒巧克力糖。很熱的天，我們的襯衫都被汗沾得濕答答的，一會兒又被風吹乾了，這樣重複幾次。他一面騎車一面以很糟糕的聲音唱著莫名其妙的歌。我現在還記得他汗的氣味。那個朋友不久後就死了。

她穿著藍色的睡衣，披著長及膝蓋的薄長袍似的衣服。我們三個人坐在餐廳桌前，抽短HOPE菸，喝可樂，吃冰淇淋。她肚子非常餓，吃了兩個撒滿沙糖的甜甜圈，喝了放很多奶精的可可。這樣還嫌不滿足的樣子。

「等妳出院的時候會變成豬噢！」朋友看呆了說。

「沒關係，因為是恢復期呀。」她一面以餐巾紙擦著指尖沾上的甜甜圈的油一面說。

他們兩個人在說話的時候，我望著窗外的夾竹桃。夾竹桃很大棵，整片看來像個小樹林一樣。還聽得見海浪的聲音。窗戶扶手因為海風而鏽得斑斑駁駁。天花板掛著像骨董品般的電風扇，旋轉著房間裡悶熱的空氣。餐廳裡有醫院的味道，吃的東西裡，喝的東西裡，都像約好了似的有醫院的味道。她的睡衣有兩個胸部口袋。一邊口袋裡放著金色的小原子筆，每次向前彎身時，從V字形領口，就可以看見她沒曬到太陽的平坦白皙的胸部。

我的思緒在這裡急速停止。我想接下來怎麼樣了呢？喝著可樂，看著夾竹桃，看見她的胸部，然後到底怎麼樣了？我在塑膠椅上變換身體的位置，托著腮，試著往記憶深層挖掘。像用細刀子尖端撬開酒瓶的軟木栓一樣。

……我把眼光避開，試著想像醫師們切開她胸部的肉，把裹在橡皮手套中的手指伸進裡面，把骨頭位置調過的樣子。但那好像非常沒有現實感，覺得好像是某種寓言似的。

對了，接著我們談到了性。是我朋友在談。談了什麼呢？大概是關於我做了什麼？例如我向女孩子提出要求卻不順利之類的，好像確實是這類的。實際上並沒有什麼了不起的事，但因為他誇張得很有趣很好笑，因此她大笑了。連我也笑出來。他很會說話。

「不要讓我笑嘛。」她好像很痛苦地說。「一笑胸部還會痛啊。」

「哪裡痛？」朋友問。

她用手指隔著睡衣把心臟正上方、左邊乳房的稍內側壓著。朋友對那又說了什麼笑話，她又笑了。

我看手錶。十一點四十五分，堂弟還沒回來。由於已接近午餐時間，餐廳開始擁擠起來。各種東西碰撞聲和人的談話聲相混合，像煙一般包住了屋裡。

我再一次回到記憶的領域去。想她胸前口袋裡的金色小原子筆。

……對了，她用那金色小原子筆，在餐巾紙背後畫了什麼。

她正在畫著畫。但用來畫畫的餐巾紙太軟，原子筆尖會卡到。雖然如此她還是畫了山丘。山丘上有小房子。那房子裡有一個女人正在睡覺。房子周圍長了茂密的盲柳。盲柳使女人入睡。

「盲柳到底是什麼嘛？」朋友問。

「有那樣的植物啊。」

「沒聽過嘛。」

「是我想出來的。」她微笑。「盲柳有很強烈的花粉，身上沾著那花粉的小蒼蠅從耳朵鑽進去，使女人睡覺。」

她拿起另一張餐巾紙，畫了盲柳。盲柳是像杜鵑那麼大的樹。會開花，那花被厚厚的綠葉緊緊地包住。葉子形狀就像很多蜥蜴的尾巴聚集在一起似的。盲柳看起來一點也不像柳樹的樣子。

「有沒有香菸？」朋友問我。我把被汗濡濕的短HOPE菸盒和火柴越過餐桌放在他那邊。

「盲柳外表雖然小，但根很深呢。」她說明。「實際上，到達某個年齡之後，盲柳就不再往上長，卻一直往下又往下伸長。簡直就像以黑暗為營養似的。」

「然後蒼蠅把那花粉運來，從耳朵鑽進去，使女人睡覺噢？」朋友一面用濕掉的火柴辛苦地點菸一面說。「那麼……那蒼蠅做什麼呢？」

「當然，在女人身體裡吃她的肉啊。」她說。

「呷哺呷哺。」朋友說。

對了，那年夏天，她寫了有關盲柳的長詩，她把那大概向我們說明。那對她來說是唯一的暑假作業。從某一夜做的夢想到故事，花了一星期在床上寫下的長詩。我朋友說想讀，但她說細部還沒整理好而拒絕了，不過代替的是把那畫成畫，並把詩的概要說明給我們聽。

為了救那因盲柳花粉而睡著的女人，有一個年輕男人爬上那山丘。

「那就是我吧？一定是。」朋友插嘴說。

她搖搖頭。「不，那不是你。」

「妳確實知道嗎？」朋友說。

「我知道。」她以一本正經的臉色說。「不知道為什麼。不過就是這樣。你受傷了嗎？」

「當然。」朋友半開玩笑地把臉皺起來說。

年輕人把塞住去路的茂密盲柳撥開，慢慢地走上山丘去。老實說，自從盲柳蔓延叢生之後，他是第一個爬上這山丘來的人。他把帽子低低地戴到快蓋住眼睛，年輕人一面用一隻手揮趕著成群的蒼蠅一面邁步前進。為了去見女孩子。為了把她從深長的睡眠中喚醒。

「但結果，等他爬上山頂時，女孩子的身體裡面已經被蒼蠅吃光了嗎？」朋友說。

「在某種意義上是的。」她回答。

「在某種意義上已經被蒼蠅吃光了，也就是說在某種意義上是很悲哀的故事囉？肯定是。」朋友說。

「嗯，是啊。」她想了一下說。「你覺得怎麼樣？」她問我。

「聽起來好像是很悲哀的故事。」我說。

堂弟回來時是十二點二十分。臉上露出焦點有些不定的表情，手上提著裝了藥的袋子。從他出現在餐廳入口，到發現我，走到餐桌為止花了一些時間。他以身體好像不太平衡似的步法笨拙地走來。在我對面坐下之後，就像忙得暫時忘記呼吸似的，深深吸一口氣。

「怎麼樣？」我試著問他。

「嗯。」堂弟說。我停了一會兒等他開始說，但他一直都不開始。

「肚子餓了嗎？」我問。

堂弟默默點頭。

「要在這裡吃嗎？或搭巴士到街上去吃？怎麼樣好？」

堂弟疑心很重似的環視屋裡一圈，說在這裡就好了。我去買餐券，點了兩客午餐。在餐送來之前，堂弟沉默地望著窗外的風景——海啦、成排的櫸樹啦、灑水器之類的，和我剛才望過的同樣的風景。

鄰桌有一對服裝整齊的中年夫婦，一面吃著三明治，一面談著因肺癌住院的朋友的事。雖然五年前戒了菸，但似乎戒得太遲，早上一起床就吐了大堆的血，之類的。妻子問，丈夫答。癌症這東西某種意義上，也可以說是由那個人生活方式的傾向所濃縮而成的，丈夫說明。

午餐是漢堡牛排和炸白魚。附沙拉和捲麵包。我們面對面默默地吃著。在那之間，鄰桌的夫婦繼續熱心地談著所謂癌症這東西的種種。為什麼最近癌症會增加？為什麼沒有特效藥之類的。

「到處都差不多一樣噢。」堂弟一面望著自己的雙手，一面以總覺得有點平板的聲音對我說。「每個醫師都問我一樣的事情，做一樣的檢查。」

我們在醫院門前，坐在長椅上等巴士。風偶爾搖動著頭上的綠葉。

「耳朵有時候會完全聽不見嗎？」我試著問堂弟。

「是啊。」堂弟回答。「會變得什麼都聽不見。」

「那是什麼樣的感覺呢?」

堂弟歪著頭思考。「一留神時,就已經完全聽不見了噢,可是在發現之前要花相當長的時間。當發現的時候已經什麼都聽不見了。好像塞著耳栓在深海底下一樣。這會繼續一段時間。在那之間耳朵確實聽不見,不過不只是耳朵而已。耳朵聽不見只是那很小的一部份而已。」

「那是很討厭的感覺嗎?」

堂弟短截而用力地搖頭。「我不知道為什麼,不過並不是討厭的感覺,只是聽不見聲音有很多不方便而已。」

我試著想一想。但那印象並不能適當傳來。

「你看過約翰・福特的《要塞風雲》嗎?」堂弟問。

「很久以前看過。」我說。

「上次我看了電視上演。那部電影非常好看噢。」

「嗯。」我同意地說。

「剛開始的時候,新任將軍來到西部的要塞。一位老經驗的上尉出來迎接那位將軍,他就是約翰・韋恩。將軍對西部的情況還不太瞭解。要塞周圍正發生印第安人的叛亂事件。」

堂弟從口袋裡拿出摺疊著的白色手帕，用那擦擦嘴角。

「到達要塞的時候，將軍對約翰．韋恩說：『我到這裡來的途中看見了幾個印第安人噢。』於是約翰．韋恩若無其事地這樣回答：『沒問題，閣下看見印第安人，就表示印第安人不在那裡。』正確的台詞我忘了，不過我想意思大概是這樣。你明白這是什麼意思嗎？」

我想不起來《要塞風雲》中有這樣的台詞。以約翰．福特的電影台詞來說，我覺得似乎稍微難懂了一點。不過那部片子我是很久以前看的。

「意思是不是說人的眼睛也看得見的事，就不是那麼重要了……不過我不太明白。」

堂弟把眉頭皺起來。「我也不懂是什麼意思。不過每次有人同情我的耳朵時，不知道為什麼我就會想起那句話。說是『看見印第安人，就表示印第安人不在那裡。』呀。」

我笑了。

「很好笑嗎？」堂弟問。

「很好笑。」我說。堂弟也笑了。他好久沒笑了。

過一會兒之後，堂弟像告白似地說：「嘿，你幫我看看我的耳朵好嗎？」

「看耳朵？」我有些吃驚地說。

「只要從外面稍微看一下就好了。」

「可以呀，不過為什麼？」

「總覺得有一點想啊。」堂弟臉紅地說。「長得怎麼樣？有點想請人家幫我看看。」

「可以呀。」我說。「我幫你看看吧。」

堂弟朝後面坐，把右耳向著我。仔細看起來，他耳朵形狀還滿好的。雖然整體算是小的，耳朵的肉像剛烤好的瑪德萊娜（madeleine）一樣，豐滿地隆起。我是第一次這樣注意地看一個人的耳朵。仔細觀察時，比起人類其他的器官來，耳朵這東西在形態上有某種不可解的地方。很多地方曲曲折折得不合道理的程度，凹進去又凸出來的。或許在進化過程中為了追求集音和防護的機能之間，自然變成採取那樣不可思議的外觀了也未可知。在那樣壓扁的外壁圍繞之下，耳洞像一個秘密的洞窟入口般黑暗地張開著。

我試著想像在她的耳朵裡築巢蠶食的微小蒼蠅群的情形。牠們的六隻腳上黏糊糊地沾滿了花粉，潛入她溫暖黑暗的體內，啃噬著那淺桃紅色柔軟的肉，吸吮著汁液，在腦子裡產下許多的小卵。但牠們的身影卻讓人看不見。羽音也讓人聽不見。

「好了。」我說。

堂弟轉身朝向前面，重新在長椅上坐好。「怎麼樣，有什麼不一樣嗎？」

「表面上看起來好像沒什麼不一樣的地方啊。」

「就算是一點氣氛上或那一類的也沒關係。」

「非常平常的耳朵啊。」

堂弟看起來好像很失望的樣子。也許我說錯話了。

「治療痛嗎？」我問看看。

「也沒有，跟以前一樣啊。在同樣的地方打轉，所以現在我覺得那邊好像要磨平了似的，有時候不覺得是自己的耳朵。」

「28號，」過一會兒堂弟向著我說：「28號巴士就可以嗎？」

我一直在想事情。被他這麼一說我抬起頭時，看見巴士正減慢速度轉過上坡的彎路來。不是剛才那台新型的巴士，而是記得曾經看過的從前的巴士。正面掛著28號的巴士。我正要從長椅上站起來。卻站不起來。就像正身處強大激流中一樣，手腳沒辦法依自己的意思自在地行動。

我那時候，正在想那個夏天午後帶去探病的巧克力糖盒的事。她看起來很高興地打開盒蓋時，那一打小巧克力糖卻已經不見蹤影地融化掉了，黏糊糊地沾在分隔的紙板與盒蓋上。我和朋友在來醫院的途中，把機車停在海邊。然後兩個人躺在沙灘談了很多話。在那之間，我們把巧克力盒子，一直放在八月強烈的日照下曝曬。於是那西點在我們的疏忽和傲慢之下損壞了、變形了、消失了。我們對那個應該是不能沒有什麼感覺的。不管是誰都好，應該有誰必須說一點有意義的話才對的。但那個下午，我們什麼也沒有感覺，只說一些無聊的笑話就那樣分手了。任由盲柳蔓延叢生就那樣離開那個山丘了。

堂弟使勁抓住我的右腕。

「你沒問題吧？」堂弟問。

我的意識回到現實，從長椅上站起來。這次可以順利站起來了。皮膚可以再度感覺到吹拂而過的五月令人懷念的風。從那之後的短短幾秒之間，我站在一個陰暗奇怪的地方。一個眼睛看得見的東西不存在，而眼睛看不見的東西卻存在的地方。不過現實的28號巴士終於停在眼前，那現實的門打開了。於是我上了車，朝向某個別的地方前進。

我把手放在堂弟肩上。「沒問題。」我說。

後記

收錄在這裡的作品，除了〈盲柳與睡覺的女人〉之外，執筆時期可以分為兩個時期。〈第七個男人〉和〈萊辛頓的幽靈〉這兩篇作品是在《發條鳥年代記》之後寫的（一九九六年），其他的作品是在《舞舞舞》、《電視人》之後寫的（一九九〇、九一年）。在那之間大約有五年的漫長空白。在那時期我一直住在美國，執筆寫《發條鳥年代記》和《國境之南、太陽之西》這兩部長篇小說，完全沒有寫短篇小說。與其這麼說，不如說沒有時間寫。

〈盲柳，與睡覺的女人〉就像我在導言中也寫過的那樣，是把一九八三年所寫的東西縮短而成的。本書中另外也有幾篇是加長或縮短的作品，因此我特別在這裡聲明。這麼麻煩真是說不過去，但這是因為我個人曾經很用心思地把短篇小說縮短，或加長的關係。

收錄在這裡的〈東尼瀧谷〉是長的，短的則收錄在《文藝春秋短篇小說館》文集裡。〈萊辛頓的幽靈〉也是長的版本，短的（長度大約一半）刊登在《群像》十月號。

我在寫的時候，並沒有深入思考，只是把想寫的東西依照想寫的樣子寫下來而已，但像這樣依照年代排列整理後讀讀看，其中也有自己都覺得「原來如此」的東西。我想這是一種心情之流的反映吧。不過這充其量只不過是對我自己來說而已。

趁單行本出書的機會在此加註一筆。

村上春樹

二十五年的創作人生

——村上春樹談村上春樹

劉黎兒／採訪

村上春樹從一九七九年六月發表《聽風的歌》得到群像新人文學獎之後，開始了他的寫作人生，現在正好是二十五週年，村上在接受專訪中回憶說：「出道當時，我便知道我能成為更為全面、更有水準的作家的！」現在村上不僅建立了「春樹世界」而且成為「世界的村上」，村上的文學不僅預知時代，村上也預知了自己，這樣的村上春樹，其實隨時在求變，今後他要往那裡去呢？他是如何寫小說呢？他對想要寫小說的人有何建議呢？如果他不當作家的話，他會做什麼呢？

二〇〇五年二月九日，村上春樹於東京南青山的工作室首次正式接受來自台灣的獨家專訪，誠懇地吐露自己二十五年創作的心路歷程，每一字句，對於剛寫完長篇小說初稿的我都充滿刺激，我大概是最幸運的受益者吧！村上說「每個人都有改變人生重要的一天」，或許作為作家，二月九日也是我重要的一天吧！我代表村上迷邀請他來台灣訪問，他顯示相當積極的意願，三月起即將到美國哈佛大學任教一年的村上，或許很意外地哪天會出現在台北街頭呢！

如何安排寫作生活

問：你從二〇〇二年發表了長篇小說《海邊的卡夫卡》，在小說的領域裡，就是去年九月推出《黑夜之後》，但是這期間你寫了相當多的散文以及翻譯了不少的小說，你是如何安排自己的寫作生活呢？

村上：我寫《黑夜之後》這本小說，花了一年多的時間，雖然什麼都沒有準備，但是開頭的場景，「Denny's、深夜、女孩在讀書，男孩進來，走過再退回來，去問淺井瑪麗」的這個部分，是在我剛寫完《海邊的卡夫卡》之後不久，不知道為了什麼已經寫好了，好像是素描的底稿般，然後放到抽屜裡，心想什麼時候可以用，之後一年多，我一直在腦海裡想著，但是什麼小說也沒寫，當然不是什麼都沒做，我寫些散文、做些翻譯，不過這個場景好像是無止境的錄影帶在腦裡播放，同樣的鏡頭反覆播來播去，在腦裡輾轉了一年多，突然有一天，覺得已經可以就此寫小說，便開始動筆了，寫得相當快，兩三個月就寫好了。

也就是先有一個想法，然後讓它慢慢發酵、醞釀，而讓自己身體都沉浸其中，真的是滲透到全身每一個角落，然後毫不遲疑地很快寫起來，我是集中力很強的人，從清晨四點到晚上九點，每天都寫，這樣兩三個月就寫完了，但是如果不讓念頭花個一年、一年半來醞釀成熟是不行的。

所以，我一直都覺得對小說家最重要的，與其說是「如何寫」很重要，其實是「如何不寫」才真正重要；這是我對於想成為小說家的年輕人的忠告吧！不寫的時間是很重要的，寫小說有寫小說最成熟的時點，忍耐到那個最佳時點是非常重要的。

問：那就跟葡萄酒等一樣，等著慢慢醞釀的時間很重要？

村上：是的，不過雖說如此，這段時間不是玩耍遊蕩就行了，每天還是要寫些什麼東西的，我不寫小說的時間，也寫點評論、散文以及翻譯，每天一定要寫點什麼，主要是翻譯，這樣持續下來，總有一天寫小說的時機自然會成熟，會寫出一個物語來。

問：也就是一直維持寫作的暖身狀態，做其他的事，其實也是寫小說的準備吧？

村上：是的，我的翻譯大概就是這樣的性質，每天總要寫幾個小時的文章才行。

出道時就知道自己的分量

問：你在剛出道時，曾經說：「現在在寫作，往前三、四年大概也還在寫吧！但是十年之後將是如何，則完全不知道呢！」不過，一轉眼就已經二十五年了，你現在則作何感想？

村上：不，我其實在出道時便知道自己將會是更為全面、更有水準的作家的，為什麼這麼說呢？我在寫《聽風的歌》之前並沒有寫過任何小說，而是突然有天想要寫，寫了寄給出版社，便得了新人文學獎，對我而言，我只用了自己的功力的四〇％而已，但是居然如此受人稱讚而且暢銷，那我絕對可以寫出更好的東西，但是要花費更多的時間吧！為了寫出更好的東西，我決定鍛鍊身體，所以每天跑步，只要健康的話，我就有自信可以寫出更有水準的作品，從四〇％起步，然後是五〇％、七〇％等逐漸提升上來，覺得自己的寫作功力不斷擴增，這樣持續了二十五年，即使現在我也覺得自己還會繼續擴增、提升呢！

問：那你覺得你現在的功力已經發揮到幾成呢？

村上：我覺得已經升到八五％了吧！但是還有相當上升的餘地呢！

問：二〇〇二年時日本有位評論家寫了「POST Murakami（村上）的日本文學」，當然目前事實上也是你最成熟，日本文壇也還沒有明顯的新旗手出現，不過你對於「後村上」這樣的名詞，感想如何？

村上：我想在文學，有所謂的主流或是前衛的文學，但是我是不屬於任何一邊的，我是一位獨立作家，我的前面沒有人，我的後面也沒有人，所以對於「後村上」的意義完全無法理解；但是我想不僅在日本，或許在台灣、在韓國，主流文學已經喪失力量，因此相對而言，我便非常凸顯，這好像是在跑馬拉松，如果第一集團變弱了，我自然會跑到前面來，所以不是我到前面如何，或是我在後面如何，我只是按自己步伐在跑而已，我還是維持我自己基本的姿勢、主旨在跑、在寫，被說是"POST"，那從何說起？

因此，我自己如何超越自己才是最重要的課題，或許哪一天我會發現自己已經無法超越自己了，不過現在還沒有，還有得努力的。

現在才剛感覺自己有點年紀了

問：你真的很有自信，覺得還有無限的自己可以超越呢！

村上：還不知道呢，我是現在才剛開始感覺自己有點年紀了。

問：不會，沒這回事，你不會讓人覺得有點年紀的；是不是自己在最近寫的作品裡開始想留給年輕人線索、提示方向性時，會覺得自己有點年紀呢？

村上：我想這或許也算是一種成熟吧！我基本上是個人主義的人，但是有點年紀之後，便覺得應該負點社會責任，開始會想要還原才行呢！

問：你這樣的轉變，畢竟是跟兩個大事件——一九九五年的阪神大地震以及奧姆真理教的地下鐵沙林事件有關吧？

村上：是的，是跟這些事件有關的，日本社會到了一九九五年，正好是戰後經過五十年，一定是什麼地方錯了，人們其實都有所察覺，我的世代會覺得自己有責任去尋找出方向，戰後日本人從零出發，拚命工作，想要致富，台灣、韓國等亞洲地區也都是如此，大家都有某種程度的財富，生活安定，但是是否這樣大家就很幸福了？未必，因為諸惡等各種矛盾突然都出現了，像我們這種接手戰後的世代的人畢竟應該負起責任，尤其是因為奧姆事件讓我格外關心。

什麼是理想，讓年輕人自己決定

村上：此外，我十幾歲的時代，正好是一九六〇年代，是理想主義的年代，但是那理想主義已經不知消失何方，大家都只想發財，接下來是泡沫時代，這對我本身而言也是相當悲哀的，所以覺得要再度以某種形式來尋找理想才行。

「擁有理想」的這種感覺、感觸，某種程度不留下來不行的；這不是說「這是理想」就丟給年輕人，而是讓他們觸摸到「擁有理想」的手感，什麼是理想，讓他們自己來決定，但是這種感觸、手感是很重要的，我並不想強加「這是答案、這是理想」在他人身上，我並不認為什麼才是最正確的作法，也不會想如此教人。

問：這跟你剛出道時覺得「沒有什麼是想要寫的」的想法是很不同呢！

村上：是，我以前不覺得有什麼是非寫不可的，現在也不是想寫要寫什麼，而是在寫物語的同時，會覺得必要寫什麼。

我剛開始寫作時，喪失某種理想，自己本身陷於空白的漩渦中，跟那時比，的確是很不同的。

問：你自己當了二十五年的作家，覺得幸福嗎？

村上：作家是寫東西，我很喜歡寫文章，做自己喜歡的事的人生真的還滿不錯的。

此外，寫小說是自己全身全靈都變成小說了，這是很有意思的，不是只有頭腦在寫小說，而是身體每一個部位連指尖都全部總動員的，像是在動自己的身體般地寫小說，非常自然，不用想的；就像妳去爬樓梯、開門，是不會想提起左腳、右腳，然後伸出手來等，而是很自然地動作，我是跟這一樣自然地寫小說的，這本身是絕佳無比的事！

問：你在出道當時，曾否想過自己會成為「世界的村上」嗎？

村上：這點倒沒有想到。

問：「世界的村上」的滋味如何？

村上：我想物語超越語言的壁障、超越文化的壁障而傳達到異國是非常美妙的事；以前的日本作家，總認為日本語言、文化很特殊，外國人無法理解，我則是一開始便不認為如此。物語本身有存在感，只要觀點有意思，就跟語言、文化無關的，所以我寫的文章是比較中性、中立的（neutral），不是那麼日本的，不像川端康成、三島由紀夫般。

「世界的村上」的滋味

問：你的作品並不僅是在日本，而且在台灣等亞洲各國，乃至歐美都能得到共鳴，你覺得原因何在呢？

村上：真的各國都有讀者寫信、寫email來，原因何在，我自己也不清楚；不過最近《海邊的卡夫卡》在美國翻譯出版，非常暢銷，我接受美國各大媒體的訪問，美國報導、評論都說我的小說是"post modern"，是後現代的。但是在台灣、中國、韓國等則不認為是"post modern"，而是當作一般的讀物來讀，當作是有意思的小說，所以讀完一本，又想讀下一本，很平常地，這樣的差異，我覺得很有意思，歐美人讀的時候，覺得突然有地圖手冊出現，但是突然卻穿壁到另外一個世界去，認為這一定是在寫什麼很新的玩意，但是亞洲人並不覺得這其中有什麼新奇，而很自然地讀。

問：是的，當然「村上春樹」是日本人的名字沒錯，但是並不是想透過你的作品來理解異文化、不同世界的事，而是當作自己世界的事來閱讀，你覺得原因何在？

村上：我覺得這是因為歐美人跟亞洲人對於「物語」的觀念不同，亞洲人很直率地接受我的作品，但對歐美人而言，可能是很不同的刺激吧！

問：在台灣等地也有人認為你因為長年接觸美國文化，所以等於是將美國文化吞食後，跟日本文化一起咀嚼一番，成為最佳的混合體（mix）再吐出來，對於現在也相當美國化的亞洲人而言是最容易消化的作品，讀起來最為舒適，你對這樣的說法，覺得如何？

村上：我覺得我是從美國小說借用了些技巧，畢竟只是借用而已，但是物語本身，我寫的絕對非為西洋的，毋寧說是東洋的、亞洲的、日本的；歐美的小說是比較邏輯的，所有的情節都是很論理式的，但是我的小說是無法用邏輯來解釋的。

我的想法是「這邊的世界」跟「那邊的世界」，在東洋是很自然地混合在一起的，像是在日本的盂蘭盆節（中元）時，死掉的人是會歸來的，不是穿過很大門扉歸來，而是輕飄飄地回來家裡，在家幾天後又輕飄飄地消失，我想中國也相信生者與死者有交流的；但是西洋的基督教文化則不是如此，「這邊的世界」與「那邊的世界」是區隔很清楚的，從這個世界要去那個世界是需要很繁複的手續的，日本則是想去死者之國，去彼岸，是想去就能去的，因此生死世界觀是很不同的吧！

用感覺總動員來寫小說

問：你主張的是生與死是對照而非對峙的，你曾經說過：「死是生的一部分，」這種思想，是很日本的吧？

村上：是的，這是很日本的，但是在《黑夜之後》裡姊姊惠麗所睡覺的房間，則是透過電視畫面到另外一個世界去，這是很電腦式的，這是現代科技與異界、心靈的一種接點、界面（interface），我想是很有意思的。

問：小說裡白川的工作是程式師，這方面的描述不少，你最近對電腦很有興趣嗎？

村上：我並沒有特別的興趣，我只是用這來當作隱喻（metaphor），讓科技與身心彼此交合。

問：所以身心與物理等各種事物都會發生關聯？

村上：總之寫小說時，當然是什麼都會發生關連，是進入眼界的事物都會寫的，是所有感覺的總動員，那就是寫小說本身。

問：你最近寫了〈偶然的旅人〉等五個短篇，寫完短篇之後，你還有其他小說的構想嗎？是不是還有寫了一個場景的稿紙放在抽屜裡等發酵、醞釀呢？

村上：不，現在我什麼都沒想呢！我寫的短篇在今年秋天會集結成《東京奇譚集》，都是相當怪奇荒誕的故事，很奇妙、恐怖的小說；我的小說其實都是奇妙的故事居多。

我寫作都是寫了很長的長篇，然後再寫中號的長篇，然後是短篇小說，長、中、短的循環，所以寫完短篇，理應是要寫長篇的。

寫長篇小說是需要花費相當長的時間以及莫大的精力，真的是相當耗損身體的，必須有相當的覺悟才能寫，一旦開始寫，便有幾年都會埋首其中。

沒當小說家的話，會當什麼呢？

問：我記得你說「寫小說好像是將自己關在密室裡」，所以那也是一種忍耐吧？

村上：是的，需要相當的耐力，我是長距離跑者，習於忍耐，此外也還需要集中力，普通的人便不大行；總是去玩比較輕鬆的呢！

問：你其實並不是玩那麼多的，好像最近不大玩，旅行散文集也不像過去寫得那麼多？那也是某種責任感使然？主題是否比較嚴肅些？

村上：是啊，好像沒有什麼玩；倒不是責任感的問題，不過我還是去了冰島、愛爾蘭，也寫了各種主題的文章，而且前此還跟人合寫了一冊輕鬆搞笑的《東京魷魚俱樂部——地球爆裂的方法》。

不過有點年紀之後，便會想到自己到底還能寫幾次長篇小說，以前總覺得要寫多少都可以，但是現在就會如此想！因為長篇是好幾年才能寫一次的，因為再寫也有限的，所以一次次不好好寫是不行的；因為已經是在倒數的狀態了。

問：沒這回事！我想你還能寫出許多偉大的長篇小說的；我很好奇，如果你沒當小說家的話，你會當什麼呢？

村上：我覺得我什麼都還能做吧！不過無法做的大概是推銷員吧！大概不管做什麼，我也都能很自得其樂地做吧！我以前開過爵士俱樂部，覺得很快活，也還賺錢；或是去學校教書，像我幾次在美國的大學教書，也都還教得不錯。

問：所以是有各種可能性？

村上：有各種可能性，不過還是作家最適合我，妳想，又不用上班，沒有會議，沒有什麼不講理的人，只有自己一個人邊聽音樂邊工作就行，也不需要拋頭露面的；不過最近我開始想只是這樣是不行的，所以開始出去，在人前演講等，像是最近我在華盛頓的喬治城大學以新生為對象演講，以一五〇〇人為對象，很累人呢！我想做的事，大抵會很拚命去做，那是只能容納七五〇人的講堂，結果三、四十分鐘的演講，必須分兩次，我用英文演講，沒看講稿就講的，很集中精神說，就能做到的；原本像這種在大庭廣眾前說話的事，我以前一點都不想做，但是現在就會想做，覺得自己不做一次不行。

很想去台灣，不過很怕騷動，我會緊張的

問：我曾經在日本的電視上看過你在紐約的演講，用很漂亮的英語說話，還有簽書會等活動。

村上：我從不上電視的，這大概是七、八年前的事了，電視台自己任意播出的吧！結果演講等活動只能在美國等外國舉行才行，在日本演講的話，就會被認出來的。

問：那你什麼時候能來台灣呢？

村上：我去過中國東北的舊滿洲的地方，那一定跟台灣氣氛很不同，我很想去台灣，也很想去韓國，不過去的話，大概很麻煩呢！雖然歡迎我是好事，不過我很怕騷動，太熱鬧的話，我會緊張的。

問：原諒我很執拗，不過真的請一定來台灣玩；除了旅行外，你的小說、散文等，都很細緻地描述日常生活種種，不管是吃的、喝的，《黑夜之後》也不例外，如鮪魚三明治、雞肉沙拉等或是穿、用的道具等，那是因為你相信日常有相當的底力嗎？是人生的安定劑嗎？因為都

是很身邊的事物，讀了有相當的安心感。

村上：是的，像是寫燙衣服應該這樣燙，飯菜應該這樣做，我是還滿喜歡的，我自己的日常生活裡也喜歡很仔細地玩味這些事；我已經結婚，可是如果我太太一個月不在，我也毫無問題，像燙衣服、洗衣服、縫鈕釦、煮飯等，百般武藝，我全行，這是因為我自己曾經一個人住過，那時我下定決心，要自己什麼都能來，結果都做得來，日常生活中會做活，是很重要的。

問：我想台灣也有不少男人因為看了你的書而開始做起菜來，像是有名的男作家公開承認是學你做起義大利麵來，不少人因為你的作品而重新發現日常例行的事物如做家事的快感的。

村上：這是很好的現象；日本傳統也是說男人不做家事才像男人，但是我覺得自身的事物要自己能夠處理才能尊敬自己，像是鈕釦掉了自己不會縫，那樣便無法對自己有敬意了，所以我才想要自己做。

我在孩提時代，因為母親什麼全都幫我做了，我到東京讀大學時，便下定決心，一定要自己什麼都會才行。

問：我覺得你幾乎所有事都是下定決心，拚命努力，想做的事都能做到，這種自信真的很驚人。

村上：我做不到的事也很多，像是三小時跑完全程（full）的馬拉松，以為自己都能做到，但是知道已經不可能，今後做不到的事會更多，做不到的只好死心，但是做得到的還是想好好做好。

想寫點新東西，但作品出來前，一切都是未知的

問：我想在日本或是台灣等地都有許多人讀你的書而想成為作家，除了「不寫的耐力是很重要的」之外，你還有什麼建議嗎？

村上：我並非是想當小說家而當上小說家的，而是突然有一天當了小說家，很難有什麼建議；不過我本身讀過非常多的書，在十幾歲的時候讀的書比誰都多，這些都滲透到我的身體裡，所以能寫東西。所以閱讀是最重要的吧！找不到不閱讀而成為作家的。最近年輕人因為仰慕作家而想成為作家的這種型的比較多，這也無所謂，不過寫小說本身並不困難，難的是持續寫才困難，二、三十年都在第一線寫並非易事。

問：你寫了二十五年，是否曾經覺得疲憊、倦怠過？

村上：沒有過，而且沒有覺得寫不出來很辛酸過，真的一次也沒有呢！

問：你的小說不少是以都會為背景的，像《黑夜之後》也是，你對都會的實際感覺如何？好像不是全都是負面的，並非全是黑暗的世界，也有讓人擁有希望而逐漸見到光明的層面？

村上：我一直住在都會，在都會的生活對我而言是非常自然的，我家是住在郊外的住宅區，在那裡心神不容易安定下來，因為附近的人都認識，所以去買個東西、遛狗或是整理庭園等都

很不自在，但是來到都會，享有匿名性，便很輕鬆自在，對我而言是很自然的，覺得都會並沒有真正的黑暗，而只有階段性的黑暗，我詳細地描寫這種階段性，覺得很有意思；還有都會本身雖不黑暗，但是在都會裡的人可能都有些黑暗過去，而因此受牽累，像是《黑夜之後》裡的蟋蟀；究竟有什麼樣的過去，別人不知道，白川、瑪麗也都可以說是有不可告人、不想告人的過去的，大抵都是身心的居多，在都會反而能包容、積累下來，在鄉下的話則會遭查詢、探索，問東問西，但是都會則不會盤查而加以接受，我想描繪的是這樣的都會。

問：今後你寫的小說也還會是以十五歲或是十九歲這樣年輕的人為主角嗎？是不是持續這樣的方向呢？

村上：未來的事還不知道呢！或許突然以五十七歲的第一人稱開始寫起來；我想寫的是過去所沒有，會想寫點新的東西，所以結果可能會誕生全然不同的作品出來，一切都是未知的。

本文原載於二〇〇五年二月十八、十九、二十日《中國時報．人間副刊》

1997

1997

1998

1998

1999

1999

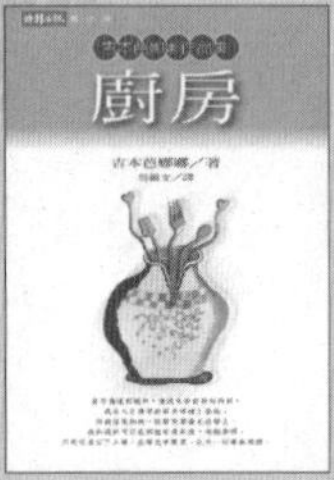

1999

1999

2000

2000

2000

2000

2001

2001

2003

2004

1987

1989

1989

1989

時報出版創社30年，
嚴選社內三十本最具影響力的好書，
以時代為經、作品為緯，
帶讀者綜觀台灣閱讀的近代史。

悅讀風華·傳承無限
時報出版30周年鉅獻

1989

1990

1992

1993

1993

1994

1994

1994

1996

1997

藍小說叢書942

萊辛頓的幽靈

作　者—村上春樹
譯　者—賴明珠
副總編輯 主　編—葉美瑤
編　輯—邱淑鈴
美術編輯—陳文德（封面及篇名頁設計）、姜美珠（書名頁及目錄設計）
企　劃—陳靜宜
校　對—邱淑鈴
董事長 發行人—孫思照
總經理—莫昭平
總編輯—林馨琴
出版者—時報文化出版企業股份有限公司
108台北市和平西路三段二四〇號三樓
發行專線—（〇二）二三〇六—六八四二
讀者服務專線—〇八〇〇—二三一—七〇五．（〇二）二三〇四—七一〇三
讀者服務傳眞—（〇二）二三〇四—六八五八
郵撥—一九三四四七二四時報文化出版公司
信箱—台北郵政七九～九九信箱
時報悅讀網—http://www.readingtimes.com.tw
電子郵件信箱—liter@readingtimes.com.tw
印　刷—凌晨彩色印刷有限公司
初版一刷—一九九八年二月十七日
二版一刷—二〇〇五年十二月五日
二版六刷—二〇〇六年三月十日
定　價—新台幣一八〇元
⊙行政院新聞局局版北市業字第八〇號

LEXINGTON NO YUREI
by Haruki Murakami

Originally published in Japan by BUNGEI SHUNJU LTD., Tokyo.
Chinese (in complex character only) translation rights arranged with Haruki Murakami, Japan
through THE SAKAI AGENCY and BARDON-CHINESE MEDIA AGENCY

ISBN 957-13-4411-7
Printed in Taiwan

國家圖書館出版品預行編目資料

萊辛頓的幽靈 / 村上春樹著；賴明珠譯. -- 臺
北市：時報文化, 2005〔民94〕
面： 公分. --（藍小說；942）
ISBN 957-13-4411-7（平裝）

861.57 94022297